GOBOOKS
& SITAK
GROUP©

GOBOOKS
& SITAK
GROUP©

三日月書版

三日月書版

IV
Autho
魔法少女兔英
Illus
四
亡靈女巫
逃亡指南
三日月書版
輕世代 FW381

亡靈女巫逃亡指南

Getaway Guide for Necromancer

Author 魔法少女兔英俊 ✦ Illust 四三

Contents

Getaway Guide for Necromancer

EPILOGUE

【命運與死亡】

安妮半坐在那裡，那些黑色的輝光內斂於祂的身體，祂看起來像是沒什麼不同，又像是有了極大的不同。

阿爾巴那驚疑不定地看著安妮，「妳……」

安妮低下頭看了看自己的手掌，能感受到自己體內擁有的力量，祂一骨碌翻身坐起來，隨手擦掉嘴上的血就往世界之心外跑去。

「哎！」阿爾巴那瞪大了眼睛，有些茫然地叫住祂，「祢、祢成神了嗎？」

——怎麼一點動靜都沒有？

大概是他的表情太過明顯，安妮一下子就明白了他的意思，但祂的一隻腳已經跨出世界之心了，只能敷衍地回頭答道：「來不及了！外面的都等著救命呢，還想著什麼排場！回頭我再讓你轟轟烈烈一下！」

「誰要看啊！」阿爾巴那下意識還嘴，說完之後才想起來眼前的少女已經變成了神明。

只是這位神明本身似乎也不是很在意他的無禮，腳步匆匆趕去了戰場。

阿爾巴那還記著禮儀，轉身對著只能看見一團光芒的生命女神行禮，然而就在他跟在安妮身後，跨出世界之心的時候，整座翡翠城忽然再次搖晃了起來。

「命運神，祢放開我的里……」安妮的狠話才放到一半，也同時感覺到了大地的震顫。起初安妮還以為翡翠城又出了什麼問題，然而祂抬起頭才發現，這一次不僅是翡翠城搖晃了起來，整片大地都在震顫。

狂風驟起，天地色變，半沉夜色裡烏雲翻湧，忽然下起一場暴雨，而地面目光所及之處都在震顫，彷彿底下的巨獸正要脫籠而出。

安妮忽然生出一種不安，祂轉頭看見命運神也跟著臉色凝重地抬起頭，然後掀起一個略帶嘲諷的笑容，再次確定了這不是自己的錯覺。

身後的阿爾巴那也跟了出來，有些遲疑地問：「……這是祢做的？」

「不，我變成神明應該不會直接對這個世界造成影響。」安妮皺起眉頭，盯著命運神緩緩搖了搖頭，祂直覺對方應該知道點什麼。

「哈哈！」命運神察覺到安妮的視線，露出一個極具嘲諷的笑容。祂好像一下子想通了很多事情，然而笑容中又飽含悲哀，「原來是這樣，呵，果然沒有人能看穿命運，我們都只是身在其中的棋子。」

安妮覺得命運神的笑容充滿了古怪，祂瞇起眼，「祢只是命運的觀測者，本來就不具備掌握命運的能力。」

「哈！」命運神似乎受到極大的刺激，仰起頭冷笑，「是啊，我只能看見某個瞬間一定會發生的事，卻不會知道命運如何發展會走向這個既定的結局。」

安妮壓下心底的不安，看著命運神，「我很好奇，祢究竟是看見了什麼，才會這麼執著要毀滅這個世界。」

「我看見自己的消亡。」命運神並沒有掩蓋，祂露出悲哀的笑容，「世界完整之後，神如果失去信仰，就會消亡。在我看見自己消亡的命運之時，我就想到了，只要我取回神格，就可以避免消亡的命運。

「而在起了這個念頭之後，我再度觀測命運的流向，就看見了這個世界的消亡。我以為自己一定會成功。」

安妮神情一動，忽然聽出了對方話裡的矛盾，「既然祢看到的命運不可更改，那麼無論祢做什麼，也不會改變祢消亡的命運吧？」

命運神沉默片刻，隨後祂仰起頭道：「涉及自身的消亡，無論如何也想再掙扎一下吧。

「而且，命運無可更改，但命運也沒有預示我會何時走向消亡，我想只要這個世界毀滅，也許我還能撐到千萬年之後。

「只是我沒有想到，我不是因為世界完整、信仰遺失而死亡，而是因為祢……尊敬的死神冕下。哈哈，我怎麼也不會想到，在這個我想要毀滅的世界中，竟會誕生死神……生命居然捨得將這樣的權柄給出去，哈哈哈！」

安妮皺起眉頭，目光森冷，「生命是繼承創世神意志的六位原初神之一，祂和祢不一樣，不會害怕死亡也不會貪戀權柄。」

「哈！那當然了，祂是無情又無私的真正神明啊！」命運神狀若癲狂地笑著，站在擁有收割神明性命權柄的死神面前，祂也不再糾結於什麼神明的尊嚴了，「而這個世界必將毀滅的命運也不會更改。」

祂眼帶嘲諷的笑意，閃動著光芒看向安妮，「尊敬的死神冕下，祢剛剛成為神明還不知道吧？沒有真正完整的世界是承受不住真神降臨的，就連我為了不驚動祂們都用了容器。

「生命在這個時候給了祢神格，祢在這個未完成的世界成為真神，這個世界就要崩潰了，哈哈哈哈！祢確實阻止了我，但祢又親手將自己所愛的世界送上了末路！

「對於死神而言，誕生之時收割一整個世界的生命，也是相當合適的出場方式吧？

「祢崇敬的生命女神知曉一切，但祂和我不同，祂沒有私心也沒有憐憫，那樣高高在上的、真正的神明，怎麼會把區區一個世界的生命放在眼裡？

「哈哈哈！我看見的命運是不可更改的！這個世界的命運，在被我窺見的那一刻就已經注定了！」

——祂似乎已經瘋了。

但祂說的話卻未必都是假的，安妮握緊了拳頭，看向已經閉上眼睛的弗雷、怒目圓睜的奧米洛、變成巨大骷髏的戈伯特、還有一息尚存的里安娜。

得想辦法救他們。

「安妮！」里維斯趕到了安妮身邊。

安妮用力眨了眨眼，似乎猛地清醒過來，努力把所有不好的結局從自己腦袋裡趕出去，深吸一口氣開口：「里維斯……」

命運神說的是真的？他們所尋求的成神後的轉機，只是生命女神的騙局？無論祂有沒有成神，這個世界都會毀滅？

所以祂費勁千辛萬苦，自以為能守護住所有人，到頭來能活下去的只有祂一個？

祂的降臨讓這個世界走向了末路。

這些都不重要！既然事情已經發展到了這一步，那就必須想出解決的方法！

熟悉的光芒浮現，安妮轉頭，終於看見生命女神的尊容——祂彷彿從壁畫中走出，擁有完美的身形和面孔，只是那雙淺碧色的瞳孔裡，不帶一絲感情。

里維斯下意識將安妮護在身後，無論祂是逃亡的亡靈女巫，還是執掌死亡權柄的神明，在他眼裡依然是他要保護的女孩。

「生命女神……」安妮努力把心中紛亂的思緒壓下去，和生命女神對視。安妮忽然想起來，之前女神就說過，未完整的世界不能承受真神降臨，當時祂根本沒想到如果自己在這個世界成神，也會讓這個世界崩潰！

安妮下意識覺得自己誕生於這個世界，也許是特殊的。

這樣一想，祂甚至不能責怪女神欺騙了自己。

安妮深吸一口氣詢問：「這個世界真的在崩潰？」

其實安妮心裡已經有了答案，之前並沒有露面的生命女神也出現了，連真身都降臨在這個未完成的世界。

這就證明世界的崩潰已經開始了，所以即使另外的真神降臨，一切也不會變得更糟了。

生命女神並沒有回答，祂抬起手，一把漆黑的鐮刀出現在面前，祂垂下眼雙手捧住，遞到安妮眼前，「這是祢的武器。」

安妮沉默地接過。

命運神忽然笑了，帶著毫不掩飾的惡意，「這樣算起來，毀滅這個世界的罪魁禍首可不是我。」

「尊敬的死神冕下，我聽說過死亡的權柄，即使是六位原初神，也無法阻止死亡降臨。祂將神格賜予祢，致使這個世界毀滅，殺死所有祢愛的人，祢不打算報仇嗎？」

安妮握緊了鐮刀，沉默地看向生命女神，「如果命運神說的是真的，我可能會殺了您。」

生命女神的臉龐依然沒有任何波動，目光平靜，「我跟隨神的意志的指引，如果命運將我的未來牽引至此，我會坦然接受。」

安妮的目光也毫無動搖，「但在此之前，請您告訴我，如何創造自己的世界。」

生命女神注視著祂，似乎是想看清楚祂的打算，即使情況危在旦夕，女神也依然理智地詢問：「理由為何？祢剛剛成為神明，對一切並不熟悉，理應再等一等。」

安妮不認同，「既然這個世界確實要走向毀滅，那麼就用我的神格作為世界之心創造一個新世界，將這個世界的生命轉移過去。」

生命女神緩慢而又堅定地搖頭，「凡人無法穿越世界。」

安妮咬牙道：「那祢說怎麼辦！難道就這麼眼睜睜地看著他們……」

「等待。」生命女神無悲無喜，「一切自有定數，我們只需靜待結局。」

安妮沉默半晌，而後祂舉起那把鐮刀，刀尖指向生命女神，「我得試一試。」

「祢剛剛成為神明，尚未知曉如何使用神之力，而我擁有除了生命以外的諸多權柄。」生命女神格外冷靜，「即使祢是所有神明的死刑執行者，也無法打敗我、無法執行我的死刑。」

安妮依舊舉著鐮刀，「那我也不可能就此放棄。」

看見安妮和生命女神兵戎相向，最高興的莫過於命運神了。

祂的表情看起來十分嘲諷，大聲笑道：「生命，被自己挑選的死神威脅的感覺怎麼樣？」

生命女神並沒有理會命運神的挑釁，祂微微抬頭，「時間到了。」

安妮一愣，地面忽然更激烈地震動起來，這次不是錯覺，翡翠城確實又動了起來。

不，確切地說不是翡翠城，是整座精靈之森都移動了起來，就像是大地忽然有了生命，朝著遠方伸展而去。

儘管這看起來也是天崩地裂的景象，但安妮心頭的不安卻沒來由地消失了，祂默默收回鐮刀，困惑地看向生命女神，「這是什麼？」

生命女神的表情依然沒什麼變化，似乎在祂眼裡，安妮用鐮刀指著祂，或是恭敬地對待祂，都沒有什麼區別。

祂用古井無波的聲音說：「當大海的盡頭與雪山相連，當深淵的彼岸與森林相遇，世界首尾相接，規則交織成型，一切趨於完整，生命的旋轉生生不息。」

安妮看著精靈之森朝著遠處蔓延，世界在不斷崩塌的同時也正趨於完整。安妮的表情有些古怪，忽然意識到什麼，忍不住帶上些歉意和羞愧，「您、您從一開始就預料到了世界會在這個時候完整？」

死神的誕生和世界的新生是同時出現的，這個世界在毀滅中新生，避免了走向死亡的結局！

安妮有點不好意思地把鐮刀放了下來，要不是因為這東西過於巨大，祂都想悄悄把它藏到自己身後，裝作剛剛的兵戎相向沒有發生過。

里維斯悄悄瞥了安妮一眼，也默默把自己的劍尖垂下去。

「不可能，生命並沒有這樣的權柄！」命運下意識反駁，即使敗局已定，祂似乎也對自己擁有的權柄格外看重，「祂怎麼可能知道，我透過命運長河也無法看穿……」

「我並不知道世界會在這個時候完整。」生命女神如實回答，「我只能推斷出世界完整之日臨近，然後靠安妮盡可能拖延時間。」

安妮有些無言，忽然意識到，或許他們根本不用拚死進入世界之心，只要進入了翡翠城，靠近世界之樹，生命女神就能夠給予神格了。

畢竟一開始生命女神的啟示也只是說「到世界之樹去」。

之前女神遲遲不出現，不是因為安妮還沒有進入世界之心，而是女神也在等待，祂擔心安妮太早成為真神，而世界完整的契機遲遲不來，最終這個世界依然會毀滅。

安妮能夠明白女神是為了拯救這個世界，但還是不由自主地覺得悲傷。弗雷他們付出了生命的代價，才僅僅拖延了這麼一瞬。

「只是因為恰巧等來了世界完整之時？」命運不可置信地出聲，祂覺得荒唐般搖頭，露出嘲諷的苦笑，「身為命運之神，我居然輸給了祢的好運。」

「呵呵。」生命女神身後響起一陣銀鈴般的笑聲，「也不必覺得難過，畢竟幸運站在祢的對面。」

一位手中托舉著輪盤的少女飄然而至，露出甜美的笑容，朝安妮點頭打了一個招呼。

安妮禮貌地給予回應，在這種情況下突然出現的應當也是神明，儘管不知道對方是誰……但看起來是站在生命女神這邊的。

生命女神開口：「這是幸運女神。」

命運神的表情有些扭曲，「祢是特地來看我的笑話的嗎？幸運！」

幸運女神笑了，祂搖搖頭道：「我可不是特地來看祢的，我是來為生命女神冕下掠陣的。順便還能為死神獻上祝福，以及恭賀一個新世界的誕生。只是可惜，這個世界才剛完整，就要失去主人了。」

命運和幸運的關係看起來並不尋常，似乎十分相熟。

確認世界趨於完整之後不會毀滅，安妮總算鬆了口氣，也有閒心豎起耳朵偷聽神明之間的八卦了。

命運沉默片刻之後開口：「祢既然在這裡，是智慧神冕下的意思嗎？」

幸運女神手中的輪盤轉動，儘管笑容甜美，祂的嘴卻毫不留情，「是的，智慧神冕下也吃驚於祢的愚蠢，作為賜予祢神格的六位主神之一，祂認為自己應該負一份責任，所以我來到了這裡。儘管不知道世界何時趨於完整，但他們足夠幸運。」

命運神握緊了拳頭，祂仰起頭顱，帶著幾分不甘心開口：「那麼，祢們要聯手殺死我嗎？」

幸運女神掩唇笑了，「不，即使是智慧神冕下親臨，祂也無法殺死祢，能做到這種事的，只有死神冕下。不過我倒是聽說祢們的關係相當糟糕……哎呀，這可真是不幸。」

命運神沒有理會祂的冷嘲熱諷，祂瞇起眼，看樣子還在考慮著怎麼活下去。

安妮拎著鐮刀，有些蠢蠢欲動。

生命女神看出了安妮的企圖，提醒道：「在世界正式完整之前，殺死祂會導致世界崩潰。祢誕生在一個趨於完整的世界，這在祢將來創造自己的世界時，也是很好的經驗。」

安妮神情一動，開口詢問：「您還沒有告訴我，該怎樣創造屬於我的世界。」

不知道是不是安妮的錯覺，在說起這件事的時候，生命女神的神情顯得格外溫柔，「取出祢的神格，將它像種子一般種下去，等到世界之樹成型，就可以開始塑造這個世界。從沒有生命的地貌開始，一點點完善。到最後，邀請諸位神明在祢的世界創造一種生物，或是賜福於一些生命。」

安妮瞇起眼，看著那顆茂密的世界之樹。

巨大的聲響中，安置著世界之心的樹洞顯露在眾人面前，命運神那顆散發著乳白色光芒的神格正靜靜躺在那裡，融化一半逐漸嵌進了樹幹中。

安妮明白，等它徹底融化，和世界之樹融為一體，也就正式象徵著這個世界的完整。

所有神明在等待著這個世界完整的那一瞬間，只有命運神在等待自己的死期。

祂忽然猛地往前跨出一步，直接撲向樹幹中的神格，看樣子是打算強行取出。安妮神情一動，將手中的鐮刀旋轉扔出，直衝神格而去，命運神如果執意要取那顆神格，就會被這把鐮刀劈成兩半。

看樣子祂並不敢挑釁擁有「神明死刑執行者」稱號的死神，迫不得已避開了鐮刀，但依然不死心地朝著神格飛奔而去。

安妮腳尖一點，閃現到鐮刀旁邊，把它從世界之樹的樹幹上取下來，安妮饒有興趣地看了看逐漸融化的神格。

「祢想要這個？」安妮明知故問。

命運神咬著牙道：「這次是祢贏了，但是死神冕下，即使這樣我也不會坐以待斃，在它徹底融入世界之樹前……」

祂話說到一半，被安妮的動作驚得忘了自己要說什麼。

——安妮伸手握住了那枚神格，輕輕鬆鬆地把它撥動了一下。

安妮看起來還有些困惑，「命運神為了取出神格花了那麼久，但我試了試好像很輕鬆就能取下來啊？」

幸運女神也被祂的動作嚇了一跳，聽到這個問題，下意識幫忙解答：「因為世界趨於完整之時，神格會自動浮現。死神冕下，您在做什麼！這樣世界會崩塌的！」

就連生命女神也透出幾分緊張，「安妮！」

「別緊張。」安妮仰起頭看著這棵巨樹，「我能看見它的生命線，它離死亡還遠著呢。我只是想來想去，還是覺得命運神不配擁有這個美好的世界。」

祂握著神格的手陡然發力，將那顆開始融化的神格取了下來。

森林的盡頭已經能看見一片漆黑的深淵，然而就在安妮取下神格的一剎那，生命之樹上翡翠般的枝葉逐漸脫落，所有的枝節都開始迅速枯萎。

安妮沒有一絲猶豫，祂手中浮現出一顆漆黑的神格。

在這種時候，祂還有閒心露出笑容，開玩笑似地說：「我應該是史上保有神格時間最短的神明了。」

祂溫柔地把自己的神格遞出去，世界之樹伸出枝葉，小心翼翼地捲住這顆神格。

枯敗的枝葉從死氣中抽出新的嫩芽，差一步而戛然而止的世界也再次搖晃起來。漫長的黑夜過去，太陽升起預兆著新的一天開始。

——一切都恍若新生。

奧米洛和弗雷化作不死族站了起來，里安娜費力地抬頭瞇起眼，似乎難以直視太陽，戈伯特伸出手，籠罩在她的頭頂，似乎是想為她做一把遮陽傘。

可惜的是，他那雙指節橫生的手縫隙實在是太大了，根本攔不住多少陽光。

里安娜捂著流血的傷口，不合時宜地發出了笑聲。

安妮看向他們，也忍不住露出悲傷又自豪的笑容，祂說：「諸位，我們從命運神手中保護了這個世界，然後從祂手中，把我們深愛的世界搶回來了。」

里安娜第一個出言誇讚：「真了不起，我的小安妮變成了不起的大法師了，喔，不對，是變成了了不起的神明了。那麼尊敬的死神冕下，成為神明之後，還能讓奶奶摸摸祢的腦袋嗎？」

「咳。」安妮有些不好意思地清了清喉嚨，露出笑容，「之後我會跟妳好好撒嬌的，在那之前，得先讓命運神冕下，把菲爾特還回來。」

這個世界終於完整，並且不再屬於命運。

命運神微微抬起頭，似乎還沒從這個變故中反應過來。但很快祂便收斂了驚愕，反而鄭重地看向安妮，「死神冕下，我想祢也明白，我是不會這麼輕易地把這個容器還給祢的，畢竟這是我僅剩的籌碼了。

「或者……我們可以談個交易，祢將神格給我，並承諾不殺死我，我就把這個容器還給祢。」

里維斯沉默地握緊拳頭，不知道是不是他的錯覺，安妮成為死神之後，連帶他也覺得自己擁有了強大的力量。這讓他生出一種……可以把這個討人厭的神明狠狠打一頓的錯覺。

安妮露出笑容，眼睛轉了一圈，看起來像是認真在考慮，「哎呀，您這麼信任我嗎？也許我剛剛答應，轉頭又反悔了呢？」

「我當然不會這麼輕易相信祢。」命運神看起來不像是在開玩笑，祂認真地提議，「我們可以讓公平之神作為見證。在公平之神的見證下，誓言不可違背。」

安妮只是聽著，祂剛剛成為神明，還有很多事不清楚，並不知道還有一個神明是專門幫忙見證約定的。

但這並不妨礙祂露出有點困惑的表情，「祢真的認為我會跟祢交易嗎？」

「或許在祢眼裡，神明苟延殘喘是一件很可笑的事情吧。」命運神的表情看起來並沒有什麼變化，祂直視著安妮，竟然還顯露幾分真誠，「但只要還有可能，誰也不想放棄這無盡的壽命和高高在上的權力吧？」

「啊，這倒沒有。」安妮笑道，「我一直覺得祢這種神做出什麼事都不算奇怪啦。」

命運神抿了抿唇，眼中閃過一絲屈辱，但居然沒有還嘴，而是認真地說：「我可以付出代價，但我確實還不想就此消亡。」

如果對方是無情且無私的原初神，那麼命運神此刻不會多廢話，只會轉身就逃以求一線生機。但現在就連原初神也無法殺死祂了，掌管死亡權柄的只是一個剛剛變成神明的凡人。

哪怕對方跟自己有些舊怨，命運神也覺得這並非是不可調和的。

只要有足夠的利益，身為凡人時的仇恨根本算不上什麼，這麼想著，命運神壓下心中的屈辱，再次開口：「祢不是原初神，即使殺死我也無法運用命運的權柄，但這其實是一個相當有用的權柄……讓我活下去，我能幫上祢很多忙。」

——還真是能屈能伸啊，安妮有些震驚，命運神的信徒如果見到自家神明的這副模樣……

安妮忍不住想搖頭，但祂還是暫且忍住了，畢竟祂也擔心命運神會狗急跳牆，最後還要賠上菲爾特的性命。

就這麼放過命運神是不可能的，但怎樣才能把菲爾特完整地救回來呢？

安妮神情微動，忽然想到了什麼，「我一直很好奇，神降的時候，神明本身會在哪裡呢？」

命運神抬起眼，似乎篤定安妮沒辦法找到祂的真身，並不在意地開口：「自然是在神界的某處。」

生命女神適時開口：「我們一直在神界尋找祂的蹤跡，但一直沒有收穫，祂應該藏在了相當隱祕的地方。」

安妮困惑地眨了眨眼，「神界這麼大嗎？祢們有沒有什麼獵犬之神之類的，之前聖光會養的小狗對氣味非常敏感，一下子就聞到了我身上的亡靈味道。」

「咳。」里維斯尷尬地清了清喉嚨。

生命女神沉默片刻，「……沒有。」

幸運女神居然還認真地考慮了片刻，「說起來戰神似乎是獸人……不過那傢伙滿腦子戰鬥，要找祂幫忙的話或許還得先打一架，而且我總覺得祂似乎只聞得見血腥味。」

「這樣啊。」安妮略顯遺憾。

幸運女神忽然笑了，「啊，不如我們一起去神界找找吧？雖然神界連接著所有小世界的入口，命運說不定就是藏在某個完整的世界裡，要尋找祂的真身看起來並不容易。

「但是……如果我們足夠幸運，說不定一下子就找到了呢？」祂朝著命運露出笑容。

安妮一直觀測著命運的表情，祂臉上並沒有一絲驚慌。

安妮略微瞇起眼，無論祂藏得有多麼隱蔽，聽見幸運女神這麼說，再怎樣也會有一絲慌亂的，除非……

除非幸運女神猜錯了，命運根本沒有藏身於任何完整的世界內。

命運神再次開口：「與其寄託於這種虛無縹緲的運氣，不如考慮和我交易吧，死神冕下。畢竟祢也應該知道，神降會極大消耗容器的壽命，再拖下去……說不定容器就支撐不住死亡了。這是我們都不想看到的，對吧？」

安妮似乎有些猶豫，里維斯也沉默著。

「那我要增加一個條件。」安妮忽然開口，「把祢那面鏡子交給我。」

「什麼？」命運神顯然沒料到安妮會提出這樣的要求，眉眼間居然閃現一絲不易察覺的慌亂。祂很快鎮定下來，似乎是想對安妮解釋，「死神冕下，那面鏡子雖然能看見命運，但只有執掌命運權柄的人才能看透。一般人如果貿然往裡看，只會迷失在命運長河中……」

「我知道。」安妮故意做出胡攪蠻纏的姿態，「但祢輸了，總得付出一些代價吧？那面鏡子一定是相當珍貴的東西，我即使不能用，留下來也是好的。」

命運神的神情中有一絲掙扎，「……不，這個不行。」

安妮忽然笑了起來，「好啦，不用再掩飾了吧，命運神冕下？祢的真身就在那面鏡子裡吧。」

「啊，怪不得。」幸運女神誇張地掩唇笑了，「怪不得我一直好奇命運長河究竟在哪裡，但卻從來沒有見過。如果那面鏡子中藏有空間就說得通了。畢竟是創世神留下的、和神格息息相關的祕寶嘛。」

祂聽起來只是在感嘆，實際上卻是從另一方面佐證了安妮的猜測。

安妮忍不住多看祂一眼，幸運女神調皮地朝祂擠了擠眼。

安妮困惑地摸了摸鼻子，但還是先把注意力放到了命運神身上，祂輕輕轉動手中的鐮刀，巨大的鐮刀幾乎比祂的身形還高，開刃的寒光和瀰漫的死氣讓人不寒而慄。

「該結束了。」安妮看向命運神。

祂終於不再掩飾，直接轉身奔逃。安妮抬起手，冥界大門攔在命運神的必經之路上。

這扇門和安妮以往召喚的看起來沒什麼不同，只是門後的怪物們似乎聽話多了。

安妮手持鐮刀，虛空中一步步朝命運神走去，「今天祢哪裡也去不了，祢腳下的每條路，只通向冥界。」

命運神驚愕地發現，新任死神毫無表情的時候，居然和生命女神有些相似，命運知道那是對方擁有的神性的影響。

命運神不可抑制地顫抖起來，「不！祢不能殺了我！那個容器還在我手上！祢不要他的命了嗎？」

冥界大門打開，然而門後的怪物們不敢造次，沒有一個膽敢嘗試出來，牠們只敢從黑暗中探出窺視的視線，目光灼熱地看著命運神。

命運神發現自己已經無法動彈，冥界死氣化作的枷鎖把祂牢牢鎖住，祂似乎聽見了門後怪物吞口水的聲音。

安妮露出笑容，「啊呀，祢好像很受歡迎，牠們好像已經等不及要熱情地迎接祢了。」

死神看起來足夠冷酷無情，「命運，祢並沒有恪守神的職責，我要剝奪祢的神格。作為一個人類，祢活得足夠久了。下地獄吧，蠢貨。」

死神的鐮刀高高舉起，毫無感情地揮落。

命運神驚恐地瞪大眼睛看著刀刃在自己眼前放大，猛地脫離了容器，將菲爾特當作肉盾送上鐮刀，而自己的意志則飛速竄向鏡子逃亡。

菲爾特眼睜睜看著自己就要撞上死神的刀尖，安妮的那一下揮得毫無轉圜之地——如果不夠真實，也無法將命運神嚇跑。

早有準備的里維斯忽然上前，他手中的長劍根本不是鐮刀的對手，只阻攔了一瞬間就變得破碎，但也正是因為這一下，安妮止住了攻勢。

里維斯帶著菲爾特滾進了冥界大門裡，然而那些怪物們只是吞了吞口水，對上明顯帶有死神氣息的亡靈里維斯，謙卑地低下頭顱。

「哦，天吶，這果然是冥界。」恢復意識的菲爾特痛苦地哀號一聲，「這都是什麼奇形怪狀的……」

里維斯無奈地笑了一聲，「你還是老樣子啊，菲爾特。」

安妮反手將鐮刀投擲出去。

身後命運神已經一頭鑽進了鏡子，所有人都能看見鏡面上浮現了祂的臉，就在祂打算帶著鏡子逃亡的時候——

幸運女神露出憐憫的微笑，「儘管沒有回頭看，但死神冕下足夠幸運，祂依然打中了自己的目標。」

「喀嚓」一聲脆響，命運神的鏡子一分為二，連帶著鏡子中的命運神的臉龐，也同樣一分為二。

鮮紅的神血灑落大地，安妮仰起頭看著眼前的景象，目光複雜地說：「原來神的血液也是紅色的。」

命運只留下一顆神格。

安妮撿起這顆神格，正好里維斯也帶著菲爾特從冥界之門裡出來了。

菲爾特看起來驚魂未定，被里維斯攙扶著走出來，他忍不住感嘆：「哦，沒想到我居然能從冥界大門內活著出來。」

安妮忍不住露出笑容，「如果下次還想參觀，你可以隨時過來，我想有里維斯帶著，你不用擔心裡面的怪物。」

「算了吧，親愛的。」菲爾特無奈地摸了摸自己的頭髮，「我還想活得更久一點呢，冥界的居民實在是……咳。」

「他的意思是太過熱情好客了。」里維斯面無表情地把這句話補完。

菲爾特聳了聳肩，沒有否認。

安妮總算是放鬆地笑了起來，祂把命運的神格遞給兩位神明，「不知道這個……該交給祢們誰比較合適？」

聽起來命運神應該是智慧之神的從神，不知道這顆神格該交給生命女神還是智慧之神。

生命女神看起來對此並沒有什麼興趣，「這是祢的戰利品。」

幸運女神也跟著點頭，「智慧神並沒有打算回收這顆神格，您可以隨意處置，死神冕下。」

安妮的臉色有些古怪，「不是只有六位主神才能挑選從神嗎？」

幸運女神忍不住笑了，「因為祢是特殊的，死神冕下，其他神明也無法剝奪祂人的神格。」

「祢降下裁決，祢執行死刑，祢擁有神格，這是公平的。」生命女神依然一絲不苟，安妮忍不住要懷疑，祂們六位原初神是不是有一個什麼「神明職責手冊」之類的東西。

「咳。」安妮不好意思地看向生命女神，試探著開口，「奧米洛和弗雷為了阻止命運神而喪命。您能否讓他們重獲生命？他們做出了貢獻，獲得獎賞也是應該的。」

祂沒有提戈伯特，因為他的死亡年代久遠，安妮知道生命女神多半不會同意。而里安娜一開始讓安妮嚇了一跳，仔細一看她的靈也並沒有消散，只是狀態不太好而已。

這個頑強的老太太，生命力比起金獅帝國的後人也不惶多讓。

奧米洛和弗雷面面相覷，沒想到他們居然還有活下去的可能。

生命女神微微搖頭，「祢應該比我清楚，死神，死亡不可避免，也無從逆轉。」

安妮有些失望，不死心地小聲嘀咕：「但是、但是也該給他們獎賞吧？」

生命女神略微思考後回答：「亡靈也可以擁有神格。」

安妮一愣，問道：「不是說要對命運領域足夠了解，達到半神的程度才會……」

「呵呵！」幸運女神掩唇笑了，「那是人類的說法，雖然到了半神的程度確實會引起神的注意，但也不是每位半神都有機會變成神明。神格的賜予標準由神格的擁有者決定，多半也就是看看是否契合神格本身而已。

「我記得和我對應的厄運之神，七歲的時候就被賜予了神格，因為祂實在是太不幸了，如果不是成為神，多半活不了幾年。」

安妮稍微瞭解了，微微點頭，「他們都是命運神的聖騎士，和命運的牽扯相當深，但是……」

但是這樣論起來，似乎菲爾特也很合適成為命運神。

安妮為難地看著自己手裡的神格，舉起鐮刀瞇了瞇眼，「能不能切成三份？」

幸運女神大驚失色，「冷靜點啊，死神！」

看樣子行不通，安妮遺憾地放下鐮刀。

里安娜坐了下來，安妮看她放鬆地從口袋裡拿出一罐生命藥水，咕嘟咕嘟地嘀下去，「要不然聽聽他們的意見？」

菲爾特第一個擺手，聽聲音似乎還有點避之唯恐不及，「拜託，可別把那個東西給我，一想到上面有命運的味道，我就恨不得捏起鼻子！

「而且祢問問里維斯，我連國王都不想當，管理一個國家的臣民都覺得麻煩，更別說當要管理一整個世界的神明了！拜託了，饒了我吧！」

幸運女神的表情有些詭異，祂似乎從來沒見過這麼不想當神的傢伙，忍不住開口：「但是你要想清楚，你之前被當作神的容器，本身就沒剩下多少生命力了。如果不成為神的話，可活不了多久！說到底，你現在還沒有倒下，就已經足夠幸運了！」

菲爾特仰起頭看祂，忍不住露出驚豔的神情，他撐著里維斯的肩膀站直，露出了紳士般的微笑，「因為我們家族天生都擁有強大的生命力，這也是因為我足夠幸運，感謝幸運女神的饋贈，知道我是否有幸……」

里維斯面無表情地動了一下肩膀，菲爾特撐著他的手一滑，險些倒下去。

「嘿，里維斯！」菲爾特不滿地抗議。

里維斯面無表情，「抱歉，我肩膀有些僵硬。」

「以前我讚美淑女的時候你就經常這樣，你絕對是故意的！」菲爾特不依不饒。

「沒有。」里維斯眼不見心不煩地把頭轉到一邊。

眼看著那邊演變成兄弟吵架，安妮嘆了口氣，看向亡靈騎士二人組，「你們呢？願意屈尊收下這顆命運神的神格嗎？」

奧米洛哈哈大笑，「比起命運神，我還是更適合成為戰神之類的！」

「你該慶幸戰神不在這裡。」幸運女神忍不住搖了搖頭，祂似乎沒有一口氣見過這麼多奇怪的人類。

安妮提起鐮刀，「那回頭再說，回頭我幫你去砍戰神拿祂的神格。」

幸運女神的表情瞬間變得驚恐，在虛空中倒退兩步，跟安妮拉開了距離。

安妮有些茫然，「我開玩笑的啊，祢不會當真了吧？」

「哈哈！」幸運女神驚魂未定地拍著胸口，「怎、怎麼會呢！」

兩個人都不要，那就只剩下弗雷了，他有一個妹妹，之前還那麼想活下去……

安妮遞出那顆神格，「你應該是想要的吧？」

弗雷看著那顆散發著溫潤光澤的神格，長長地嘆了口氣，「我確實還不想死，但是……我這樣的人，真的配成為神明嗎？」

「咳咳。」安妮清了清喉嚨，「大家聽出來這是什麼意思了嗎？讓我們來誇誇弗雷，給他一點成為神明的勇氣。」

菲爾特露出笑容，「你捅我那一劍超痛的，劍法精妙！」

奧米洛哈哈大笑道：「你真的很疼妹妹，而且是個強大又莫名其妙有點溫柔的傢伙！」

里安娜摸了摸下巴，「嗯，你是一個很有精神的孩子，對了，你想要成為我的孫子嗎？」

戈伯特有些猶豫，「喔，你看起來應該很好學，你對念書有興趣嗎？」

弗雷無奈地笑道：「託你們的福，我現在覺得自己的優點稍微有點貧乏。」

里維斯也露出了笑容，「讚美你無畏的勇氣和不屈的靈魂。」

安妮鬆了一口氣，「幸好我們還有里維斯在。」

菲爾特不客氣地指指點點，「他明明只是把家訓念了一遍，這是作弊！」

安妮沒有想到，生命女神也開口了：「讚美你戰勝人類的劣根性，勇敢地朝神明揮出了劍。」

弗雷一愣，沉默地低頭向生命女神行禮。

安妮忍不住笑了，「你看，連六位原初神之一的生命女神，都覺得你是最合適的人選。」

弗雷略微猶豫，最後還是鄭重點了點頭。

安妮將那顆神格遞給他，「成為神明之後想必也會很辛苦，這個世界命運留下的爛攤子就不少，更別說其他世界了……你可能還會挨罵。」

「這個可以跟厄運商量一下，祂已經習慣被信徒罵了。」幸運女神發出友善的氣息。

菲爾特又忍不住搭話，「厄運也會有信徒嗎？」

幸運女神掩唇笑了，「畏懼也是一種信仰。」

安妮忽然轉身，看向藏在世界之樹枝葉後面的阿爾巴那，忍不住露出笑容，「阿爾巴那，你也該擁有獎賞的。」

「不用了。」阿爾巴那似乎有些不好意思地轉過頭。

安妮認真地思考著，「讓我想想能給你什麼，財富、無盡的生命、強大的戰力、無與倫比的好運……這些都不是我的權柄。」

「那祢還說幹嘛！」如果安妮不是神明，阿爾巴那現在已經氣得跳腳了。

安妮認真地說：「你想要一個可愛的骷髏跟班嗎？」

「不要！」阿爾巴那想也不想地拒絕。

安妮有些失落，最後伸出大拇指，「那我只能送你死神的肯定了！精靈阿爾巴那，了不起！」

阿爾巴那相當無言，短暫的沉默之後，他看向世界之樹，「它能重新開花了，這已經是最好的禮物了。」

身旁的精靈略微有些動容，精靈王也微微張了張嘴，似乎想要說些什麼。

安妮想，看精靈王的表現，之後阿爾巴那應該不用一個人躲在精靈之森裡了。

祂仰起頭看了看樹枝上已經掛上花苞的世界之樹，接著重新看向生命女神，「一切似乎都完成了，生命閣下。」

「冥界現在還處於無秩序的狀態，之後祢需要管理好祢的神國。」生命女神微微點頭，「這個世界已經完整，之後還會有不少神明前來，祢不必在意。偶爾，也可以前往神界來看看，有什麼疑問，都可以拜訪我。」

安妮認真地聽著，乖乖點了點頭。

「另外。」生命女神再次開口，「祢應當比誰都清楚，這個世界已經完整，一旦祢失去信仰就會消亡。」

菲爾特笑了，「不用擔心，很快金獅國就會出現第一座死神的神殿了。」

「啊，也不會這麼誇張啦。」安妮有些不好意思地抓了抓頭。

生命女神說：「或許很久以後，七十二位神明，會只剩下我們作為最後的見證者。生命是一切的開始，而死亡是一切的終結。」

等到神明們離去，里維斯微微清了清喉嚨，「尊敬的女神冕下，您還沒有給我獎賞。」

安妮露出笑容，對他張開雙手，「送你女神本身！」

里維斯笑著接住祂，目光溫柔地用力給祂一個擁抱，「這可真是最珍貴的饋贈，我慷慨的神明。」

Getaway Guide for Necromancer

In the After

1

【戰後日常】

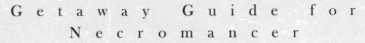

大戰過後，戈伯特和奧米洛先行前往冥界看看情況，順便送傳信骷髏去魔土告訴媞絲最後的戰況。

之後，安妮就帶著還活著的人傳送到了金獅國，格林的書房中。

這間書房的主人格林，似乎已經十分習慣有人突兀出現這裡了，哪怕偶爾其中混進幾個不是人的生物，他也不會表現出多少驚訝。

格林保持著毫無波瀾的表情，沉著地喝了口茶，這才抬起頭，「之前的天崩地裂，我還以為有幸見到世界末日，沒想到你們居然活著回來了……不，也不能這麼說，安妮閣下，能告訴我在場的，活著的還有幾個？」

聽語氣他還有些小心翼翼，在聽到結果之前並沒有完全放下心來。

菲爾特沉痛地舉起手，「就我一個了，大哥。」

里安娜默默舉起拐杖，狠狠地敲了敲菲爾特的頭，「沒禮貌的小鬼，我也是活人。」

菲爾特一臉驚恐，「什麼？啊……抱歉，我、我只是覺得……」

里維斯抬起劍柄撞了一下他的肚子，成功制止了他說出更多欠揍的話來。

他不好意思地低下頭對里安娜道歉，「抱歉，里安娜奶奶，他之前被命運神降，對發生了什麼一無所知。」

所以沒看到里安娜獻祭，也不知道她確實是一個活人。

他等了片刻，也沒有等到里安娜的回應，有些躊躇不安地抬起頭，這才發現里安娜就站在那裡，已經安詳地閉上了眼睛。

里維斯還沒有反應，菲爾特的表情已經一瞬間驚慌起來，他似乎聯想到了什麼不好的結果，「喔，不！奶奶，不要死啊！」

他下意識想要撲過去，安妮抬手制止了他，「噓！」

菲爾特困惑地抬起頭，安妮指了指里安娜。

靜下來的房間裡甚至能聽見呼吸聲，菲爾特聽見里安娜平穩的呼吸聲，「呼——」

——她站著睡著了。

菲爾特的表情有一瞬間不知道該如何是好。

格林沉默地看著這場鬧劇，最後忍不住嘆了口氣，「畢竟是老人家了，先讓她好好休息吧。」

眾人有些手忙腳亂地幫里安娜找了一個睡覺的地方，金獅國的三位王子殿下總算能夠一起說說話了。

安妮體貼地開口：「你們要說些兄弟之間的悄悄話嗎？我可以暫且迴避一下。」

格林微微搖頭，「不，沒什麼不方便的，我已經叫人去找尤莉卡，她也很快就會過來。」

菲爾特勾著里維斯笑道：「我們家族信奉對妻子沒有祕密原則，只要里維斯能夠參與，祢就可以隨便聽，女神冕下。」

「還、還不是……我還沒有……」里維斯繃緊了臉，說起話來有些支支吾吾的。

安妮驚訝地看見他的耳朵紅了起來。

似乎在祂取得死神神格之後，作為祂召喚的亡靈騎士，里維斯也得到了某種提升——只是沒想到最先體現在能臉紅方面。

看著洩露了他心情的緋紅耳朵，安妮決定暫時先不提醒里維斯這件事。

格林神情一動，他從菲爾特的話裡聽出了另外的訊息，「這麼說來，您真的取得了神格？」

安妮還沒有回答，門外就傳來了尤莉卡的聲音，「到底是什麼事？神神祕祕的，那條蠢魚還在烤肉店裡賴著不肯走呢，你們一定要找人看著他，不能讓他惹事！」

幾個哥哥聽到她的聲音，神情都不由自主地溫和下來。菲爾特更是皺了皺眉頭，大概是心疼她沙啞的嗓音，但很快他又露出了一貫不羈的笑容，往門後一藏，露出惡作劇的壞笑，「噓，讓我嚇嚇這個傻丫頭！」

尤莉卡推門進來，看見安妮、里維斯都在書房內，一下子露出了欣喜的笑容，「你們回來了，我就知道你們不會輸的！」

她猛地往前兩步張開雙手，里維斯正要往前接受妹妹溫柔的擁抱，她卻用力抱住了安妮。

安妮拍了拍尤莉卡的後背，驕傲地揚起頭顱，「那當然啦！妳是沒有看見，命運祂被我打著跑！」

里維斯默默放下自己伸出去的手。

「咳。」格林無奈地清了清喉嚨，「尤莉卡，太失禮了，祂已經是女神冕下了。」

「咦？」尤莉卡驚訝地瞪大眼睛，神情似乎是受到了極大的衝擊。

安妮露出笑容，勉強壓制住自己的得意，「咳，實不相瞞，我已經是死神了。不用驚慌，和以前也沒什麼不一樣嘛。」

尤莉卡覺得自己的腦袋有些暈，她不可置信地瞪大眼睛，喃喃道：「我、我曾經跟死神睡在同一張床上……」

菲爾特鬼鬼祟祟地朝著尤莉卡摸過去，手掌剛要摸到她的後背，格林就開口了：「尤莉卡，菲爾特也回來了。」

「在哪裡！」尤莉卡猛地跳起來，轉身時幾乎和菲爾特撞了滿懷，她顧不上捂住自己通紅的額頭，哭著一頭鑽進菲爾特懷裡，「嗚，菲爾特，你這個白痴、笨蛋、蠢驢腦袋！」

菲爾特有些無奈地舉起雙手，「喂喂喂，不是吧，尤莉卡，妳就是這麼對待大難不死的哥哥嗎？我還以為妳會好好說點可愛的話呢！」

尤莉卡抽抽噎噎地抹著眼淚，「誰要跟你撒嬌！」

菲爾特有點懷疑，「妳是不是有點偏心？里維斯回來的時候妳也是這麼對他的嗎？」

「沒有。」里維斯如實回答，「她沒有叫我『白痴』、『笨蛋』、『蠢驢腦袋』，也沒有打我。」

「里維斯跟你才不一樣！」尤莉卡理直氣壯地回答，「他才不像你這麼會給人添麻煩！」

「好吧、好吧，妳也跟以前很不一樣了。」菲爾特含笑看著尤莉卡，尤莉卡忍不住挺直腰桿，原本以為菲爾特會像里維斯一樣誇讚她的成長，但沒想到他眼帶揶揄地說：「我們的尤莉卡從噴火龍變成小烏鴉了，可真是大不一樣了。」

尤莉卡臉色一黑，動作俐落地捲起袖子，「我現在就讓你重溫一下噴火龍的魅力！」

「等等，尤莉卡，不能在書房裡施放火系法術！」眼看這兩人就要打起來，里維斯立刻出手制止，站到他們中間開始勸架。

安妮找了一個位置坐下，看兄妹吵架看得津津有味。

格林看著他們，似乎有些嫌他們吵鬧，然而溫柔的眼神還是洩露出他此刻心情不錯的事實。他清了清喉嚨，像個不合時宜的大家長，「好了，菲爾特，既然你回來了，也該擔起獅心騎士團的職責了。」

菲爾特立刻垮下臉，「喔，我只是一名大難不死、虛弱的……」

「你打算繼續讓尤莉卡替你承擔職責嗎？」

格林並沒有過多地勸說，他只是就這樣看著菲爾特，語氣平淡得彷彿在問今晚吃什麼。

菲爾特當然沒辦法就這麼說是，他沉默下來。

尤莉卡添油加醋地捂住胸口，憂鬱地撫了撫自己的短髮，「喔，沒關係的，格林大哥。反正我剪去的長髮也不會這麼快就長出來，毒啞的喉嚨也沒辦法再恢復如常，某個傢伙剛剛甚至還諷刺我是嗓音粗啞的烏鴉……」

「嘿，尤莉卡，妳知道我不是這個意思！」菲爾特立刻舉起雙手投降，他苦惱地抓了抓頭髮，「我也只是習慣性抱怨幾句。交給我吧，我會做好的，總不能讓我的妹妹一輩子都沒辦法穿自己喜歡的漂亮裙了。」

「不過你們想好之後怎麼跟人們說明這個故事了嗎？關於公主怎麼死而復生。」

尤莉卡有些猶豫，她遲疑地開口說道：「如果太長篇大論的話，聽起來會很像狡辯吧？其實不用解釋也可以的，菲爾特回來，我就不用承擔獅心騎士團長的身分了，就讓尤莉卡．萊恩成為一位已經死去的公主吧。

「我倒是對海涅描述中的臨海城很感興趣呢，那裡是安妮推動建造的城鎮，應該不會不歡迎我吧？

「很可惜菲爾特你得留在這裡了，不過我可以替你完成你的願望，做一個周遊大陸的遊吟詩人！」

尤莉卡努力用輕快的語氣說著，但大家都沒有回應。

「這種事我更想自己完成。」菲爾特聳了聳肩，「我說尤莉卡，妳以前不是這種委曲求全的傢伙吧？」

「你應該說我長大了、成熟了！」尤莉卡皺著眉頭強調。

「不久之後，就是豐收祭典了吧？」里維斯忽然抬起頭，他為在場唯一不知道這個節日的安妮解釋，「這是金獅國最盛大的節日，為了慶祝豐收，王室和貴族會發放食物，還有每年的經典節目——在中心廣場表演我們的祖先斬殺蠻王的歌舞劇。」

格林點點頭，「是的，關於祭典的事情已經在籌備了，這次我打算舉辦得盛大一些。畢竟剛剛經歷過浩劫，希望熱鬧的祭典能夠驅散人們心中的不安。你有什麼想法嗎，里維斯？」

里維斯看向他的家人，斟酌著字句說：「今年我們或許可以加一場表演，講講……對抗命運的故事。」

菲爾特讚許地點點頭，「很有意思，我們甚至不必點明這就是我們的故事，只要有所暗示，我相信他們應該會聯想到的。」

尤莉卡用力眨了眨眼睛，似乎有點不好意思，「其實我是真的想要出去冒險，你們不用……」

「妳當然可以出去冒險。」里維斯溫柔地看著她，「但我們也得保證妳想回家的時候永遠能夠回來。」

尤莉卡感動地吸了吸鼻子，但並不想哭泣，她努力揚起笑容道：「好吧，現在我們尊敬的三位王子都回來了，還有了不起的神明庇佑，金獅國一定會更加美好的。」

里維斯微微搖頭，「不，尤莉卡，我是一個已死之人了，之後……我不會一直留在這裡。」

「咳。」格林也相當冷靜地潑了一盆冷水，「另外，我也並不建議神明經常插手政事。」

尤莉卡的表情顯得有些茫然，「為什麼？」

話題突然到了自己身上，安妮收斂起慈祥的笑臉，端起了一本正經的神明架子，「看看命運的下場就知道啦，神明確實不應該插手太多。」

格林微微點頭，「如果神明貿然插手，那麼國家之間的紛爭很有可能就會演變為神明之間的紛爭，最後很有可能會演變成諸神之戰。」

安妮對此沒什麼意見，只能感嘆：「即使面對神力的誘惑，格林殿下也相當清醒啊，怪不得里維斯誇讚您是最適合當國王的人。」

格林的神情稍微透出點笑意，「當然，我們還是很希望能在某些時候得到神明的庇佑。」

菲爾特在這時候插嘴：「對，之前我還說了要為死神建神殿，大哥你看……」

安妮的笑容靦腆，「咳，其實也不是必要的。」

畢竟按照生命女神的說法，只要這世界上還有怕死的生物存在，死神的信仰就不會消失。

格林略微考慮了一下，他開口說：「金獅國從來沒有官方信仰，我在考慮由我們來進行傳教，會顯得太突兀了。或許可以考慮招募一批亡靈法師，藉由他們的手……

「當然，死神冕下，有一點我必須要提醒您。死神的信仰很容易牽扯到活祭等等邪惡儀式，將來恐怕也會有人藉著您的名號做些壞事，您得做好防備。

「另外，如果成立教會，教皇的人選也得好好斟酌。不僅是第一任，之後的教皇該採用什麼樣的選拔方式，如何監督他不會利用神明做一些不利於……」

這些事安妮根本沒怎麼考慮過，祂的表情有些茫然，聽到格林稍微停頓的間隙，立刻開口搶話：「那、那一切拜託你了，格林殿下！如果實在不行，沒有神殿沒有教會也是可以的！」

——因為實在是太麻煩了！

里維斯忍不住笑了，他看向格林他們，「祂不在意這些的，哪怕你們是在花園裡搭一棟可愛的小屋子，偶爾向祂上供一些水果什麼的，祂也會很開心的。」

安妮板起臉，「不，這個還是稍微簡陋了一點，聽起來像是抓鳥的陷阱。」

書房內的人都忍不住笑了起來。

「除此之外，還有一件事。」里維斯的耳尖再次泛上紅意，但他的目光毫不動搖，帶著幾分害羞和溼漉漉的溫柔，他認真地說：「安妮小姐，我想鄭重地請問，祢願意作為我的王妃……和我一起將畫像掛進金獅國的歷史之廊裡嗎？」

安妮用力眨了眨眼睛，祂大概知道歷史之廊是什麼地方，里維斯曾去那裡祭拜自己的父母親。

安妮努力想讓自己顯得從容些，但事實證明，即使成為神明，祂也無法掌控自己臉頰的溫度。

安妮還沒有開口，就聽見尤莉卡下意識地反問了一句：「你不是已經把畫像放進去了嗎？」

場面一度有些尷尬。

「咳。」格林清了清喉嚨，表情十分嚴肅，眼裡卻忍不住帶上笑意，「里維斯，解釋一下吧，這件事我可沒有聽說過。」

菲爾特哈哈大笑著攔到窗前，故意揭他短一般開口：「我還記得小時候里維斯出糗，他害羞起來下意識拔腿就跑，直接就從窗臺上跳了下去！這次我可不會讓你就這麼逃走了啊！」

里維斯漲紅了臉，「你們不能在這種時候……」

菲爾特臉上帶著和善的笑容，用力勾住里維斯的肩膀，眼帶憐憫，「喔，我親愛的弟弟，你還不明白嗎？所謂家人，就是在對方落水時拚死相救，又等到對方站在岸邊時把他一腳踹下去的傢伙。」

安妮眼帶笑意看著他們吵吵鬧鬧，想了想還是沒有開口，只是悄悄在里維斯腦海中說：「**我願意**。

「將所有榮光與我的里維斯．萊恩殿下分享，拋去死神的權柄與尊貴，我將我本身所有的愛意贈予你，直到死亡盡頭。」

里維斯從菲爾特的拉拉扯扯裡轉過頭，他看見安妮有些害羞的臉頰，以及光芒閃動的漂亮眼睛。

還拉扯著他的菲爾特大聲喊道：「嘿，里維斯，你怎麼臉又紅了！」

里維斯下意識反駁：「不可能，這是你的錯覺，我是亡靈，怎麼可能會臉紅！」

菲爾特大聲說：「是真的，真的紅了，不信你去照照鏡子！」

里維斯看看尤莉卡，再看了看格林，在得到雙方肯定的點頭之後，終於忍不住一個閃身奪窗而出。

身後菲爾特還在嚷嚷：「喂！里維斯，這裡也有鏡子，你去哪裡啊？」

天地間的異變過後，金獅帝國的臣民們都提心弔膽了一段時間，不少人想到命運神殿曾經的「滅世預言」，災難當前，命運神殿居然還臨時多了一批信徒。

幸好金獅帝國的王室看起來並不驚慌，今年的豐收節祭典也按時舉行，民眾放下了心。

「好——」

中心廣場扮演金獅帝國祖先的戰士戰勝了蠻王，高舉手中的長劍怒吼：「我們自由了！我們就在這裡，建造我們的國！」

人聲鼎沸裡，安妮轉頭看了看里維斯，他看起來似乎也十分樂在其中，戰士與蠻王搏鬥時，他甚至緊張得握緊了拳頭。

安妮正盯著他的側臉，猝不及防里維斯忽然轉頭過來，眼睛亮亮地對著安妮說：「接下來是我們的故事。」

安妮一愣，然後跟著他笑了起來，正經八百地清了清喉嚨，「讓我看看我的扮演者有沒有我的英姿！」

里維斯認真地看著祂，「安妮，祢不能要求這麼不切實際的事，無論在哪個世界裡，祢都是最特別的那個。」

安妮有一瞬間的失神，不好意思地紅了臉，小聲嘀咕：「你怎麼突然這麼……」

忽然人群中爆發出一陣呼喊：「親她啊，王子！」

兩人同時朝臺上望去，扮演亡靈女巫的少女朝扮演王子的少年伸出手，兩人的目光對視間，臉上同時飛上紅暈。

在臺下觀眾的熱烈起鬨下，兩位扮演者飛快對視一眼，居然真的相擁落下蜻蜓點水般的一個吻。

安妮瞬間瞪大了眼睛，嚷嚷起來：「不是，他們亂編！明明沒有這一幕的！」

然而在巨大的歡呼聲中，祂小小的抗議被淹沒了。

里維斯忍不住也跟著笑了，他伸出手輕輕捧起安妮的臉頰，溫柔的藍眼睛逐漸接近，「那麼，我能像劇裡的我那樣，擁有親吻您的榮幸嗎？」

安妮下意識屏住了呼吸。

里維斯溫柔的吻落下，安妮揪著他的衣角，確認周圍的民眾注意力都在中心廣場的表演上，這才小聲抗議：「你明明就沒打算等我回答！」

「嗯。」里維斯眼帶笑意，用力抱住安妮，再次落下一個吻。

神明和祂的騎士在歡呼聲中悄然離去。

Getaway Guide for Necromancer

IN THE AFTER

2

【冥界建設】

死神大人今天終於前往了冥界。

祂帶著里維斯一腳踏進冥界之門，還來不及看清眼前的景色，就看見遠處一個骷髏頭一路狂笑著朝祂飛了過來。

安妮眉毛都沒有抖一下，里維斯抬手接住直衝祂面門飛來的骷髏。

那個骷髏的大笑戛然而止，他抖得幾乎散架，「死神大人、死神大人！是他們把我打過來的，不是我自己飛來的，救命啊！」

安妮面無表情地看著不遠處的一切。

冥界沒有陽光，灰濛濛的天空像一塊布幕透不出光亮，只有不規則漂浮的幽藍鬼火能勉強讓人看清景色。整體呈現灰黑色調的世界裡，就連土地都是黝黑的。

如果說金獅國王都是正常人生活的城鎮，魔土的建築大概屬於勉強能睡的狗窩，冥界則是……一片荒野。

——露天席地，什麼也沒有。

安妮幽幽地嘆了一口氣，「生命女神好像給了我一顆相當麻煩的神格啊，這樣一無所有的冥界要怎麼管理啊？讓他們不許打架嗎？」

安妮目光有些渙散，祂沒什麼焦距地遠目看著奧米洛手持巨劍，一邊怒吼一邊把這群嘻嘻哈哈態度不馴的骷髏一腳踹翻，再一個個拆分。

只是大家都是不死生物了，一不痛二不會死，於是都不怎麼捧場，嘻嘻哈哈地笑了起來，看起來根本不在意自己頭飛腿斷。

戈伯特巨大的身軀遊走在他們之間，有些疲憊地勸架，「別打了，打不出結果的，就算了吧……」

有骷髏嚷嚷起來，「喂，我的左手呢？沒有人看見嗎？」

有的晃著自己明顯比例不對的「腿」說：「是不是這個？哈哈哈我說怎麼這麼奇怪哈哈哈！」

「狗屎，快還給我！別把我的手塞到你的胯下！」

「呸！誰稀罕！」

安妮看著骨頭與下流話亂飛的場景，終於忍無可忍清了清喉嚨，「咳。」祂這一聲咳嗽似乎有什麼魔力，喧鬧的冥界瞬間安靜下來，所有不死生物都把目光集中到安妮身上。

骷髏們不再敢嬉皮笑臉，奧米洛憤憤地一腳踹開一隻骷髏，朝安妮走來，還一邊嘀咕：「和這群傢伙打架一點都不過癮！」

安妮笑了，「你不是最喜歡戰鬥了嗎？和它們打架能打一輩子，還是分不出勝負、沒有止境的一輩子。」

「那多沒有意思。」奧米洛扛起自己的重劍，撇了撇嘴，「我只想和強者戰鬥！他們根本沒有多強，只不過仗著自己是不死生物而已，連半點章法都沒有。」

這一點，安妮從他剛剛秋風掃落葉般的戰鬥場景已經看出來了。

冥界確實有為數不少的可怕怪物，但更多的，是沒有進階過的普通骷髏。

安妮有些無奈，「等下次我跟戰神套套交情，讓你去祂那裡玩。好了，提前過來考察的兩位，你覺得這裡怎麼樣？」

雖然說的是兩位，但祂主要看的是戈伯特，對奧米洛基本沒報什麼希望。

儘管冥界的情況有些一目了然，但祂還是忍不住期待戈伯特能不能看出點不同尋常的東西。

戈伯特長長地嘆了口氣，祂和赫菲斯托斯之箱融合後，擁有了一副巨大的骷髏身軀，即使在遍地的不死族中，看起來也有些格格不入。

所幸他並沒有失去理智，聲音依然儒雅。

「怎麼說呢？這裡可真是個相當貧瘠的地方，無論是土壤還是精神都相當貧瘠。」

在死神面前，亡靈們顯得相當懂事聽話，即使聽到這樣的評價，也沒有暴起攻擊，一個個安靜得彷彿擺設。

安妮嘆了口氣，目光有些茫然。

戈伯特認真地提議：「我覺得或許是因為大家沒有目標，因為已經死去了，所以可以理所應當地無所事事，反正什麼也做不了。或許我們可以想想死人也能做的事？」

安妮困惑地皺起眉頭，祂嘗試著開口問：「大家有什麼想要的嗎？」

冥界的亡靈對死神的恐懼更像是一種本能，此刻聽到安妮說可以開口，一個個立刻抬起頭七嘴八舌地說道：「我想要復活！」

「對、對！我也想！」

安妮面無表情地拒絕，「這個不行！」

亡靈們也並不氣餒，他們飛快地改口，「那也沒有什麼了。」

「沒有了嗎？」安妮明顯有些失望，「你們再想想啊？」

「亡靈又不能吃，又不能喝，就算我活著的時候痴迷麥酒，現在它們也只能從我的下巴骨一路澆到我的腿骨上。」

「哈哈，我喜歡的烤牛肉倒是可以叼在嘴裡假裝成我的舌頭……」

「死神冕下，我、我想要彈琴！」

安妮眼睛一亮，總算聽到一個可靠一些的聲音，祂搜尋著說出這句話的骷髏，朝他招招手，「仔細說說！」

骷髏備受鼓舞，立刻開口：「我生前是一個遊吟詩人！我想，死了之後，如果能有一把琴的話，我能夠有無盡的時間演奏我的詩歌！」

「哦，那你怎麼以前不彈？畢竟我們這裡也無聊得很，就算你唱成什麼鬼樣子，大家也殺不了你，哈哈！」

遊吟詩人骷髏辯解：「因為這裡真的什麼都沒有啊，連木頭都沒有！我總不能用別人的骨頭做琴吧！」

——這倒也是。

安妮瞇起眼睛，若有所思地說：「冥界本身的規則是只許進不許出，只有沒有生命的物體才能進入冥界，在沒有死神之前，這裡一直都是按照這個規則運行的。所以這裡不會生長草木，也不會有任何原生的生物。」

里維斯似乎想到了什麼，「但是之前，菲爾特掉進了冥界之門，他又再次回到了人界，並且沒有死去，是因為得到了您的允許？」

戈伯特讚許地點點頭，「死神是冥界之主，祂擁有操縱這個世界的權柄也並不稀奇，祂就是能夠改寫規則的存在。」

奧米洛眼睛一亮，「所以說，只要死神允許，殺死亡靈也不是不可能的事！」

安妮也同樣眼睛一亮，「所以說，只要我允許，即使想讓亡靈在冥界開荒種田也不是什麼不可能的事情！」

兩人說完以後同時一愣，臉色古怪地看向對方，「這是什麼奇怪想法啊？」

「不不不，明明是祢比較奇怪吧！」奧米洛指手畫腳地比劃起來，「擁有手下這麼強的戰鬥力，誰會想著種田啊？」

「才不是呢！」安妮反駁，「哪裡奇怪啊！既然他們是因為閒著沒事幹才一天到晚打架，那麼找點事情給他們做不是相當有邏輯嗎？又能種出食物，又能消耗精力，勞動就是世界上最偉大的事情！」

奧米洛面無表情地吐槽：「祢改名叫勞動之神算了！」

安妮瞇起眼威脅：「戰神那邊……」

「好吧，仔細想想這也不關我的事。」奧米洛相當能屈能伸，他聳了聳肩，幸災樂禍地笑了，「趁現在再胡鬧兩下吧，臭小子們，你們很快就沒這麼清閒了！」

「種出來的食物……誰吃？」里維斯問出了相當關鍵的問題。

安妮愣了愣，最後摸摸下巴，「對啊，亡靈也不需要進食……賣了怎麼樣？總會有吃不飽飯的地方！」

奧米洛還是忍不住懷疑，「亡靈要錢幹什麼？」

安妮認真考慮，「可以購買人界的物品，比如把肉帶回來裝舌頭，還比如買點酒，把骨頭泡進去過過癮……」

聽著祂說話的貪吃鬼和酒鬼都忍不住摸了摸自己空蕩蕩的腹部。

「雖然都會漏掉，但也挺有意思的。」

骷髏們小聲嘀咕：「我現在可真羨慕殭屍。」

正當安妮覺得一切都走上正軌的時候，里維斯忽然開口：「安妮，冥界種出來的食物，人類真的能吃嗎？」

「聽起來是吃了就會去冥界的東西。」奧米洛如實回答。

關於這個安妮就不是很有底氣了，祂有些遲疑地說：「應該、應該是可以的吧？實在不行，種出來以後，我去找其他神明鑑定一下。」

戈伯特露出微笑，「至少這是一個好的方向，即使種田在冥界並不能成功，我們也能嘗試其他的可能，比如將沒有生命的石料帶回冥界，製作成雕像和房屋支柱。」

「我記得魔族好像都沒有房子住，臨海城的居民總是吃海鮮應該也會厭煩。」安妮已經盯上了幾個目標，祂勢在必得地笑了，「來吧，我們開始種田吧，就當是一次偉大的嘗試，讓冥界煥發生機！

「等一下我就去一趟神界，找豐收之神過來幫忙！」

戈伯特微微點頭，「安妮，除此之外，此地既然已經有了主宰，那麼冥界之門也該有一名守衛了。我既然已經變成這副樣子了，陰差陽錯下外表也還算有威懾性，就讓我和奧米洛輪流看守這扇大門吧。」

安妮眨了眨眼，「這扇門不用看也不會出事吧？你是擔心他們逃出去？」

戈伯特認真地說：「這是代表著生與死的界限，祢不會總在冥界，這裡是需要守衛的。」

奧米洛大剌剌地說：「交給我吧，反正我還指望著祢讓我和戰神交手呢，幫祢一點忙也沒什麼大不了的。」

安妮有些不好意思地笑了笑，「那麼拜託你們啦！」

說著，祂帶著里維斯往前一步消失在了冥界。

安妮的氣息一消失，身邊的亡靈們就開始蠢蠢欲動了，戈伯特眼疾手快地抬腳踩住它們的腦袋，他有些苦惱地嘆氣，憂鬱地說：「祂從小就是一個有些奇思妙想的孩子，但我也沒想到祂居然會想在冥界種田。在一片死寂的地方創造生命嗎？」

奧米洛沒聽出他話裡的深意，只是跟著點頭，「確實是挺有病的，小時候就這樣啊？」

想起安妮的童年，戈伯特微微露出笑意，「小時候可比現在難纏，現在勉強也算是一名懂事的大丫頭了。」

安妮和里維斯前往了神界，才想起自己並不知道豐收之神長什麼樣，再仔細一想，有沒有豐收之神這個神明都難說，這不過是祂剛剛隨口說的。

神界看起來和菲特大陸有些許相似，有山有水，也有太陽、大地和建築，唯一不同的應該就是這裡除了神之外，沒有任何生命存在。

安妮苦惱地皺了皺眉頭，為難地看向里維斯，「我們該上哪裡找神？」

里維斯只能露出苦笑。

「那只能喊一聲試試看了。」安妮聲音並不大地喊了一聲，「請問有好心神可以告訴我豐收之神住在哪裡嗎？」

「祢是何人？」他們身後響起一個空靈的聲音，安妮好奇地轉身，看見了一隻四肢覆滿羽毛、額上頂著一對鹿角的生物。

這似乎是菲特大陸上並沒有的種族，而且這生物說話是有感情的，可以推測出不是六位原初神。

不管怎麼說，出現在這裡的應該都是神明，安妮友善地露出笑容，「祢好，我是最近剛剛成為神的死神，祢可以叫我安妮。啊，不知道祢是哪位神明呢？祢的羽毛真漂亮。」

安妮想，先誇一誇對方總是沒錯的。

誰知道對方卻受驚一般炸開了羽毛，看樣子似乎想要轉身就跑，祂有些驚慌地開口：「祢、祢就是那個殺死命運的死神！」

安妮無語了，難道祂在不知不覺間已經在神界很有名了？

對方好不容易將身上的羽毛壓下去，祂一邊往後退一邊說：「我是風神，祢要找豐收，往那邊走就好了！」

祂並沒有報上自己的名字，看起來也並不打算和安妮好好相處。

安妮有些遺憾地點點頭，叫住了正打算偷偷溜走的風神，「風神晃下……」

「什麼事！」風神以為自己逃跑的事情暴露，再次嚇炸了毛。

這位風神好像膽子有點小。

安妮認真地想，祂微笑道：「沒什麼事，我只是想要對祢說一聲謝謝。」

風神一邊壓自己的羽毛，一邊小聲回答：「不、不用……」

安妮維持著笑容，「對了，順便我還想問問，為什麼祢那麼害怕我呢？」

風神剛剛壓下去一點的羽毛再次根根分明蓬鬆地翹起來，祂幾乎就要顫抖起來，「不，我沒有，我什麼都不知道！

「是、是幸運說的！祂說祢隨口就說要拿戰神的神格！嗚……」

安妮差點啞口無言，「……我那是開玩笑的。」

「這哪裡是可以開玩笑的事情！」風神嚇紅了眼，現在看起來不像鹿也不像鳥，像隻紅著眼睛的小兔子。

原來不知不覺間，自己在神界的風評已經變成了這樣。

趁著安妮沉思的空檔，風神忽然猛地轉身就跑，祂乘風而去，速度讓安妮望塵莫及。

「我也沒有這麼可怕吧？」安妮摸了摸鼻子。

因為之前和光明神的談話，安妮總覺得神之間也是有上下階級的，什麼原初神啊十二門徒啊之類的，祂還擔心自己剛來會不會被找碴，或者被人小瞧，結果事情和祂想像的有點不一樣。

「噗。」里維斯似乎有些忍不住笑，他清了清喉嚨把臉轉到了一邊，一臉嚴肅地說，「我沒有笑。」

安妮瞇起眼，「你不僅有笑，你還試圖說謊，這是英勇的騎士應該做的事情嗎？里維斯。」

「噗。」里維斯又忍不住笑出了聲，「對不起，安妮，但我一想到，也許以後祢會變成用來恐嚇小孩睡覺的那種神明……哈哈！」

他不再試圖掩飾，歡快地笑了起來。

安妮憤憤不平地哼了一聲，祂威脅道：「不好好睡覺，小心被超可怕的死神抓走！」

里維斯收斂笑意，溫柔地看著安妮，「如果是這樣的話，那我會努力堅持一整晚睜著眼等祢的。」

安妮清了清喉嚨，不好意思地轉過了頭，他們按照風神的指引，十分順利地找到了豐收之神的居所。

祂正在一片農田間勞作，田地間各種安妮沒見過的作物茁壯生長，唯一的共同點就是生長得格外茂盛，滿眼都是蓬勃的生命力，這讓安妮更加確信找豐收之神是個正確的選擇。

這位神祇腳腕上纏繞著藤蔓，耳邊別著一支麥穗，有著土地一樣顏色的頭髮和碧綠的眼眸，小麥色的肌膚彰顯著健康和活力。

外表看起來，祂就像是個普通的農婦，渾身散發著溫和的氣質。

有了風神的前車之鑑，安妮整理一下儀容，為了防止嚇到人家，露出最甜美的微笑，祂保持著讓人安心的安全距離，禮貌地打招呼：「您好，請問您是豐收之神嗎？」

「嗯？」豐收之神有些困惑地回過頭，祂一邊打量著站在田間的那位少女，一邊爽朗地笑了，「是生面孔呀，是哪位主神新找的從神？過來坐吧。」

祂說著，一邊摘下一顆果實遞給兩人。

安妮道了謝接過，這位豐收之神看起來是一名熱心的人，應該會同意去冥界幫個忙的吧？但無論如何，自我介紹還是要做的。

安妮清了清喉嚨，用盡量溫和的語氣說：「我是生命女神的從神，咳，也就是死神。」

豐收之神的動作頓了一下，但還是露出笑容道：「啊……祢就是那位……」

看祂這個反應，安妮就知道祂多半也聽過那個傳言了，祂十分熟練地開口：「我不隨便殺神，都是傳言！消滅命運也是生命女神授意的。」

豐收之神微微一笑，「我知道、我知道，幸運那個傢伙說話確實喜歡誇大其詞，祢看起來是一名很可愛的小女孩。是生命女神讓祢來認識一下各個神明嗎？」

安妮眨了眨眼，如實相告：「生命女神倒是沒讓我來認識……祂只說我沒事該來這裡看看。這次我來找您，是希望得到您的幫助！希望您傳授我一下耕種的知識！」

豐收之神有些意外，「咦，您居然對耕種有興趣嗎？這當然沒問題！我現在就挑選一塊合適的土地給祢，哎呀，真沒想到會遇到志同道合的……」

「啊，不，請等一下！」安妮趕緊制止祂，「我不是說在這裡種田，我的意思是希望您能到我那裡去……就是冥界。」

豐收之神的表情有一瞬間的呆滯，祂有些茫然地開口：「去哪裡？」

「冥界。」安妮認真重複了一遍，還十分體貼地告訴祂，「不用擔心，是活著去。」

豐收之神臉上的呆滯並沒有消失，祂眉間的褶皺似乎更深了，祂又問：「去幹什麼？」

安妮誠懇地開口：「去教我們種田。」

豐收之神再次發問：「我們是誰？」

安妮眨眨眼，「就是我和冥界的亡靈們……我們想在冥界種田。」

「嘶！」豐收之神下意識倒吸了一口涼氣，祂努力讓自己鎮定下來，「死神冕下，您要知道，耕種最開始的一步，就是挑選土地。」

安妮虛心求教，「如果是冥界這樣的土地呢？」

豐收之神鄭重地說：「那就選擇放棄。」

安妮聞言，有些失落地低下頭，祂想，如果豐收之神都這麼說了，或許是真的沒什麼希望了。

里維斯看見安妮的表情有些不忍，他忍不住再次開口：「真的沒有希望了嗎？」

「吾聽到有人呼喚吾名。」

身後忽然傳來一個渾厚的中年男聲。

里維斯猛地回身，顯得有些防備。

豐收之神的表情一瞬間變得有些精彩，祂嘆了口氣，小聲地嘀咕：「今天是什麼日子，怎麼麻煩的傢伙都一起跑來了，明明幸運才剛走不久啊？下次該讓祂多待一陣子。」

安妮好奇地看著眼前表情嚴肅，長相格外端正，連語氣也相當一絲不苟的神祇，一時間居然有些分不清祂是不是某位主神。

這位神祇朝祂微微點頭，「吾名希望。」

安妮有些好奇地詢問：「您是六位原初神之一嗎？」

希望之神似乎有些意外，祂出現了情緒波動之後，說話的語氣就不那麼像毫無感情的原初神了，祂說：「不，我是希望。

「我十分崇敬六位主神，因此也把祂們的言行當作我的榜樣，如果讓您產生哪怕一絲的誤會，這也讓我覺得十分高興。」

安妮覺得自己確實應該補一些神界知識了，祂虛心求教，「請問六位主神都有誰呢？」

「咦？您不知道嗎？」豐收之神顯然十分意外，「您不知道有哪幾位主神，卻知道我的存在嗎？」

祂似乎還有點高興。

安妮不知道該不該說明自己只是猜測應該有這麼一個神明。

希望之神告訴祂：「混沌神、生命神、自然神、智慧神、情緒神、創造神六位主神，祂們繼承了造物主的軀體和意念，是至高無上的存在。

「讓我們回到剛才的話題，即使是在冥界中，想要耕種也不是毫無希望的。」

安妮認真地聽著希望之神的話，有些感動於對方的熱心，祂真誠地感謝：「您真是一位好心的神，請問我們該怎麼做呢？」

豐收之神張了張嘴，看起來想要提醒安妮什麼，但祂最終還是閉上了嘴，雙眼放空地看著自己地裡的小青瓜。

希望之神認真地點頭，「無論何時，不要放棄希望，死神冕下，我永遠是所有身處逆境之人的同伴。

「既然豐收之神認為，這片土地無法孕育任何生命，那麼我們就去尋找大地之神，讓祂先賜福這片土地如何？」

安妮認真點頭，「聽起來很有道理！」

豐收之神已經打定主意不插手了，沉默地聽著祂們交談，內心祈禱祂們能趕快離開。

「那麼事不宜遲，我們就趕快出發吧。」聽到希望之神說出這句話，豐收之神由衷地鬆了一口氣。

然而祂一口氣還在喉嚨口，就聽見希望之神接著說：「但是我跟大地之神並不熟悉，豐收祢和祂同屬於自然神的從神吧？我記得祢們經常一起交流種植的理念，能麻煩祢和我們一起去一趟嗎？」

豐收之神頓了頓，「……好。」

雖然祂很想拒絕，但想了想這位看起來十分乖巧的神明是死神冕下，再想了想上一任被斬殺的命運。

豐收最後還是把拒絕連同那口氣，一起吞了回去。

祂心情沉重地為這兩位神明帶路，稍微抱點希望地說：「也許大地不在那裡，我們會撲了個空。」

「在一切塵埃落定之前，我們要永遠心懷希望。」希望之神看起來比安妮還希望一切能夠順利。

安妮終於察覺到一點奇怪之處，祂好奇地低聲問豐收之神：「希望冕下一直都是這麼熱心的嗎？」

豐收之神心情沉重地點點頭，祂嘆了口氣說：「在神界，如果提到『希望』、『絕望』之類的詞，這些傢伙很容易就會被吸引過來，當然，如果是太普通的事情祂是不會出現的。有人說，見到希望之神出現提供幫助，本身就意味著，你要做的這件事希望渺茫。」

安妮聽完後，不知道該怎麼回答。

被祂這麼一說，總感覺距離冥界豐收的日子越來越遠了啊。

儘管豐收之神在內心祈禱，但大地之神今天看起來並沒有出門。祂和豐收有些許相似，都是氣質溫厚的女性形象，只是更為年輕。

安妮注意到，祂赤腳站在土地上，雙足與其他地方的皮膚不同，沾滿了泥土，皮膚也並不細膩。

祂看到眾人有些驚訝，但還是露出了溫和的笑容，「沒想到一下子會有這麼多訪客，怎麼了？豐收，這些都是新朋友嗎？」

豐收之神看著自己的好友，張了張嘴介紹身後的各位，但卻怎麼也說不出那個荒唐的請求。

想在冥界種田怎麼想也都是腦子出問題了啊！

安妮也覺得不能再為難豐收之神了，祂自告奮勇地往前一步，「是這樣的，大地之神，我想在冥界開墾一些土地種植作物！為此希望您能為大地賜福。」

大地之神似乎比豐收之神更加沉穩一些，祂認真打量著安妮的表情，確認祂沒有在開玩笑之後，居然也認真考慮了這件事。

大地之神有些猶豫地開口：「我確實能夠祝福土地，使其從貧瘠的沙漠變成富饒的好土地。但冥界的土地……這稍微有些特殊，死神冕下，冥界的規則不允許生命在此誕生，即使我給予了祝福，這些作物也會被冥界奪走生命。」

安妮回答：「但是之前也有活人進入了冥界，在我的允許下，他活著走出來了。」

大地之神露出苦笑，「這是不一樣的，死神冕下。活人進入冥界再離開，是您沒有奪走祂的生命，也就是您沒有使用死亡的權柄。但如果他長期生活在冥界，您就會發現他永遠不會變老，即使依然『活著』，他生命的狀態也不會產生變化。

「類比到作物身上，就是它們永遠不會發芽。」

豐收之神附和道：「很多事情大地會比我們知道得更清楚，祂是十二門徒之一，比我們年長許多，知道很多祕辛。」

「啊！」這倒是安妮意想不到的答案，祂有些遺憾地低下頭，看來在冥界種植作物，確實是有些異想天開。

就在安妮打算放棄，轉念考慮大力發展冥界手工業的時候，希望之神端正的聲音再次響起，「不要放棄希望！」

安妮一愣，「但是大地之神說……」

「如果十二門徒沒有辦法，那麼我們就去請求六位主神的幫助！」希望之神再次發聲，祂目光如炬，眼中閃動著永不熄滅的希望之光，「如果六位主神都沒有辦法，那我們就想辦法復活創世神！」

安妮：「……」

不，祂對在冥界種田倒也沒有這麼深的執念。

直到此刻，安妮終於知道豐收之神說的「麻煩的傢伙」是什麼意思了。

里維斯倒是認真考慮了一下，「生命的變化……這應該是生命女神的權柄吧？或許我們可以請求生命女神賜福這片土地。」

豐收之神還試圖阻止他們一下，「但是為了這點事麻煩女神，是不是……」

「生命女神我倒是比較熟悉。」安妮覺得事情一下子峰迴路轉，居然還展露出幾分轉機。

希望之神眼中閃過一絲欣賞，「沒錯，我們絕不能如此輕易就放棄希望！」

豐收之神不知道該怎麼說下去，事情好像越變越麻煩了。

祂擔憂地和大地之神對視一眼，大地之神略一沉思，祂低聲說：「豐收，祢跟著他們，我去尋求自然神的幫助，我總覺得這會變成一件大事。」

豐收之神絕望地張了張嘴，「不，等等，我……」

然而祂的好友已經匆匆離去，豐收看著祂的背影，忽然有點懷疑祂是不是故意把跟這兩個大麻煩打交道的事情交給了自己。

眼看死神和希望已經朝著生命女神的居所前去，豐收一咬牙跟了上去。

安妮好奇地看著落後許多又跟上來的豐收之神，「咦？我以為祢已經要回去了……」

「我、我……」豐收之神結巴了一下，最後苦笑著編了個理由，「我一開始覺得這是不可能的事情，然而事情發展到現在，居然讓我覺得很有可能成功……我忍不住想要跟你們一起見證這件事的結局。」

希望露出微笑，「永遠不要放棄希望，祂是被我們的熱忱感染了。」

豐收之神眼露絕望，「是啊！」

生命女神站在海邊，眾神找到祂的時候，祂正安靜注視著海面。然而不用他們出聲提醒，祂就似有所感地回過了頭。

出於禮貌，安妮寒暄一句：「好久不見，女神，您在看什麼？」

「我在觀看生命的誕生。」生命女神毫無波瀾地回答，「你們前來，是為了什麼？」

安妮認真地說：「我們想在冥界種植作物，一路尋求了豐收之神、大地之神的幫忙，但祂們都說沒有生命女神的賜福，即使冥界擁有了肥沃的土地、豐收的加護，種子也永遠不會發芽。」

「嘶。」豐收之神忍不住倒吸了一口氣，祂居然就這麼對著生命女神說了出來，該說不愧是傳聞中那個死神嗎？

生命女神聽完，罕見地略微沉默了片刻。

很久之後，祂開口：「死神冕下，重建冥界的秩序是祢的職責，但冥界是所有死亡之物的歸所，是創世神消亡時就留下的所在。

「我希望祢做的，是連通各個世界的冥界，管理所有亡靈，不允許祂們隨意擾亂人間的秩序。」

豐收之神忍不住鬆了一口氣，幸好女神沒有跟著祂們胡鬧。

希望之神眼中閃過一絲光芒，祂握緊拳頭，「如果只有創世神才能更改那裡的規則，那我們就去尋找創世神復活的希望！」

「死亡不可逆轉。我會考慮其他發展冥界的方法的，比如用泥土、礦石做點工藝品之類的。」安妮認真地回答，隨後祂露出了笑容，「不過託這件事的福，我也認識了很多很有意思的神明。」

然而希望卻好像並不認可這個結果，祂聲若洪鐘道：「不，我不能接受祢這麼輕易就放棄希望！」

「唉——」大海邊的礁石之後，一個穿著黑袍的少女動作緩慢地站了起來，祂長得並不醜陋，但下垂的眼角加上一顆淚痣，總讓人覺得祂無時無刻不在哭泣。

祂剛剛這一聲嘆氣，讓安妮覺得氣氛一下凝重起來。

希望之神如臨大敵，「絕望祢怎麼會在這裡！」

絕望之神面露絕望，「還不是因為情緒神冕下聽說了祢又在找麻煩，這才叫我前來抓祢回去的！聽說是從自然神那裡知道的消息，啊……居然讓其他主神為了這點事來告狀，祢到底在外面丟了多少臉啊！啊，好想替祢找個洞鑽進去。」

希望之神漲紅了臉，「不！我這是在幫助需要幫助的……」

絕望之神往前邁了一步，祂雙手捧住希望之神的臉頰，把祂往下拉到和自己同一高度，目光渙散地對祂說：「祢這個性格還真是讓人絕望啊！聽著，希望，即使我們已經是神明，也有很多事，不，是對大部分事情都無能為力。」

「不！」被迫屈膝半蹲的希望之神試圖反駁，絕望之神猛地撞上去給了祂一擊頭槌，「我說，祢、什、麼、都、做、不、了！」

「嗚！」希望之神痛苦地捂住了自己的額頭。

絕望之神拎著希望之神的領子，轉過身朝著諸位神明彎下腰，「真是對不起，這個麻煩的傢伙給大家找了不少麻煩，啊，真的好想變成蝸牛縮進殼裡。

「死神冕下，如果下次祂還這麼麻煩的話，請不要猶豫，直接砍祂一鐮刀吧。如果可以的話，之後我惹出麻煩的時候，也拜託祢砍我一鐮刀了。」

安妮顯得有些困惑，「祢會惹出什麼麻煩？」

「不知道。」絕望之神如實相告，「但是像我這種傢伙，遲早會惹出麻煩的吧。」

安妮不知道該怎麼回應。祂原本以為神明會更加、更加像生命女神一些，不過現在看來，好像奇怪的傢伙也不少。

豐收之神小聲開口：「那麼，尊敬的死神冕下，您不考慮在冥界種田了嗎？我是不是可以離開了。」

安妮抓了抓腦袋，「嗯，不考慮了，這次麻煩祢了。」

「不不，不敢當！」豐收之神終於露出了真心的笑容。

安妮顯然有了另外的想法，「我們去找工匠之神，在冥界發展一下工業！」

Getaway Guide for Necromancer

In the After

3

【不夜城堡】

安妮最近聽說了一個傳聞，是海妖族的老祭司向安妮祈禱時講述的消息。

——當然，海妖一族依然是生命女神最虔誠的信徒，只是他們和死神關係密切，偶爾也會共享一些情報。

這次說的是關於一座「不夜古堡」的傳聞。

據老祭司說，偶爾有雨夜晚歸的人會在半路迷失方向，他們走著走著會看見漆黑雨幕裡不遠處出現一座華貴莊嚴的古堡，門扉半掩，裡面燈火通明，還傳出食物的香氣和輕快的音樂聲。

城堡的主人正巧打開了門，有人說他是一個格外英俊的青年，也有人說她是一位美豔動人的女士，甚至還有人說他是渾身戴滿金飾的富豪。

總之，他會邀請迷途的你參加舞會，還會準備華美的服飾，請你享受絕妙的美食……

它會讓你像一名真正的貴族一樣，在這裡享受過美妙的夜晚，直到第二天醒來——你會看見自己睡在斷垣殘壁的破敗城堡裡，旁邊可能還躺著一具穿著腐朽服裝的白骨，昨夜的輝煌彷彿百年前的夢境。

驚嚇過度的誤入者也不會死亡，但他們多半會上吐下瀉一整天，就像是吃了什麼不乾淨的東西。

本來這種傳聞海妖們也沒有放在心上，因為海妖基本上不會吃壞肚子。

但這幾天臨海城有一個女孩消失了，她和她的同伴一起去蒂亞王的領地參加集會，因為錯過回來的隊伍，只能拜託其他車隊載她們一段，然後半路自己走回來。

回來的途中下起了雨，那個女孩的同伴說，她在消失前，曾經喊了一句：「前面有座城堡，我們可以去避避雨！」

然後她就再也沒有出現。

聽說了這件事以後，安妮和里維斯立刻前往了臨海城。

老祭司似乎有些意外，「抱歉，我沒想到神明會就這麼輕易出現，我還以為祢會很繁忙。」

「拯救每一個生命都是我的責任！」安妮義正辭嚴地握了握拳。

里維斯笑了一聲，「最近冥界來拜訪的神明太多了，祂們似乎很多人都很好奇死神冕下在那裡打算做些什麼，安妮解釋了好多遍，已經有點不耐煩了。祂這是藉著這個機會，偷偷跑出來的。」

「原來是這樣。」老祭司露出笑意，「即使成為神明，您還是和以前沒什麼區別，安妮閣下。」

安妮氣呼呼地插腰，「關心這個世界的生命也是真的！」

「當然。」里維斯眼帶笑意，「我從不懷疑您的仁慈和溫柔，女神冕下。」

安妮板起臉，有些不好意思地說：「咳，別胡鬧了，那個回來的同伴呢？在哪裡，我想去看看她。」

老祭司點點頭為他們帶路，「跟我來吧，我帶你們去。」

「對了。」安妮提醒她，「別告訴他們我是神明，就說我是一個了不起的大法師好了。」

老祭司微微點頭，里維斯露出笑意，「沒問題，偉大的法師安妮閣下。」

安妮板起臉，「里維斯，我總覺得你叫我的時候有點奇怪。無論是叫我『女神冕下』還是叫我『偉大的法師』，你的語氣好像都不太對！」

里維斯有些困惑，「是我不夠虔誠不夠真誠嗎？但我確實是相當認真的，女神冕下。」

「不，不是不虔誠。」安妮的聲音逐漸變小，祂小聲嘀咕，「但你這根本不是稱呼神明、也不是稱呼大法師的語氣，你簡直就像是……」

就像在叫祂安妮一樣，那種掩蓋不住的寵溺和溫柔語氣，總讓祂忍不住耳朵發燙。

里維斯似乎不太能理解，他遲疑著再次喊了一聲：「女神冕下，偉大的法師安妮閣下？」

安妮差點跳起來，祂看了看走在前面的老祭司並沒有回頭，這才稍微鬆了口氣，有些彆扭地問：「怎麼了？」

里維斯看起來依然不太明白，他說：「我還是不太理解我的語氣有什麼問題，我想或許是我並不擅長這種事吧。」

「喔、喔，也可以這麼說啦。」安妮的視線有些心虛地飄向另一邊。

里維斯用力點頭，「那麼，我會多練習的。」

安妮無語了。

——不，這也不必了。

幸好這時候老祭司停了下來，緩解了兩人的尷尬。她側過身示意，「到了，那天和她一起在雨夜裡趕路的少女叫凱蒂，而消失的那個女孩叫南希。」

安妮點點頭，看著老祭司敲響了屋門。

屋門被小心翼翼地打開了一點點，一隻眼睛透過門縫打量著門外，細若蚊吶的聲音顫抖著響起，「是誰？」

老祭司放柔了語氣，「凱蒂，是我，海妖族的祭司，我帶著了不起的大法師閣下來了，她能找回南希。」

門猛地被打開了，安妮這才看見門後的少女，她紅著一雙眼不可置信地開口：「真的嗎？法師大人，您真的能夠找回南希嗎？」

安妮原本想說也不能這麼肯定，但在看清楚她的模樣之後，祂露出溫和的笑容，「交給我吧，別擔心，這種事情我可擅長了，先請我們進去坐坐吧，凱蒂小姐。」

這個女孩跛了一隻腳，脖子上還有明顯的傷疤，看樣子像是長期佩戴鐵鍊磨損導致的。想到最初構成臨海城的居民的身分，不難猜測她應該曾經是哪裡的奴隸。

「好、好的！」凱蒂用力點了點頭，跛著腳領他們進屋。

安妮和里維斯對視一眼，一起進入了屋內。

凱蒂顯得有些窘迫，「抱、抱歉，我們家沒有這麼多椅子。」

看著眼前的兩個凳子，老祭司體貼地開口：「海妖並不喜歡坐著。」

凱蒂伸出手，「那麼，請兩位坐吧！」

里維斯微微搖頭，「騎士準則可不允許我在女士前面坐下，還是您請吧。」

凱蒂還有些猶豫，安妮已經熱情地伸出手把她拉過來坐下了，「好了，請坐吧！不用在這種小事上拖拖拉拉，妳也想快點進入正題，好讓我們把南希帶回來吧？」

「嗯！」說到這個，凱蒂終於勉強坐下了，她深吸一口氣，焦急地看向安妮，「需要我從頭講一遍嗎？」

大部分的事情安妮已經從老祭司那裡聽過了，但有些細節還是問問她本人比較好。

安妮沒有拒絕，點頭示意她可以開始了。

凱蒂似乎已經講述很多遍了，至少已經熟練地知道該從哪裡開始講述：「我們那天回來的時候錯過了車隊，幸好有冒險者正要結伴去黑狼王的領地，他們順路能夠載我們一程，但也只能到半路。

「一開始我跟南希還有些害怕，但幸好他們都是很友善的人，他們把我們帶到了目的地，我跟南希打算往家裡走。誰知道我們走了一半，天色就暗了下來，開始下雨了。」

說到這裡她停頓了一下，在場的幾個人也都提高了注意力。

安妮詢問：「地點就在臨海城附近嗎？」

老祭司補充道：「出現這件事以後，我也打聽了相關的情報，結果意外發現關於『不夜城堡』的傳言居然已經在附近流傳許久了。失蹤者消失的地點並不一致，但有一點相同，他們消失的時候都是雨天。」

「這或許是某種必要條件。」

安妮摸了摸下巴，「地點並不一致，那就牽扯到空間魔法了。」

這並不難聯想，但對於並不了解魔法的凱蒂來說，這位法師大人立刻就破解了一個詭異之處，這讓她不由得重新燃起了希望，「我、我還記得那個地方！如果需要的話，我可以帶你們過去！」

安妮露出微笑，「讓我們先聽完這個故事吧。」

凱蒂彷彿一下子有了信心，就連眼睛都逐漸重現了光芒，她擦了擦通紅的眼眶，「下雨之後，我們有些分不清方向，我也不知道是不是錯覺，一開始我們是朝著臨海城的方向走的，但越走越久之後，我們怎麼也找不到回去的路了，周圍的景色好像都變了！

「我的腿不好，南希還要扶著我，我們一路走走停停，害怕極了。但是就在我們即將絕望的時候，我們看見了溫暖的光芒，從一座城堡裡透出來。」

老祭司臉色凝重，「每個曾經迷失在城堡裡的人都是這麼說的。」

安妮敏銳地察覺到了什麼，祂好奇地挑了挑眉毛，「每個曾經迷失在城堡裡的人？有人出來了？」

老祭司點頭，「這座城堡沒有被重視的原因，就是因為最初迷失在裡面的人並不會消失，第二天他們能夠回來，頂多就是上吐下瀉一整天而已。」

安妮嘀咕了一句：「但南希沒有回來。」

里維斯也皺緊了眉頭，「這說明這座城堡的危害性在提升？還是南希做了什麼觸發了城堡的另一種可能？」

安妮略微沉吟，看向凱蒂，「之後呢？妳們看見了那座城堡，發生了什麼事？」

凱蒂用力抿了抿唇，她眼眶裡的淚水不爭氣地滾落下來，「都是我的錯。因為我的腿不好，南希說她一個人先去問問能不能借宿，如果可以就回來接我，如果她沒有回來，就讓我不要接近。

「嗚，我等了好久南希都沒有回來，我知道她肯定出事了，也知道就憑我肯定沒辦法救回她。我偷偷爬進了旁邊的草地裡，一直睜著眼睛直到天亮，等南希從那座城堡裡出來。

「但她一直沒有出來。直到太陽升起來，我聽到臨海城的大家的聲音，就在我回頭的時候，那座城堡整個就不見了！如果我沒有回頭……如果我別移開視線，那座城堡說不定、說不定就不會……」

她自責地低下頭，豆大的淚珠打在她的手背上，安妮溫柔地摸了摸她的腦袋，「別擔心，我會帶她回來的。」

凱蒂有些不安地抬起頭，她像是尋找勇氣般再次問：「真的嗎？但是他們很多人說，那座城堡裡有鬼。」

安妮忍不住笑了，「如果是鬼的話，那就簡單了，畢竟在這方面我可是行家。對了，妳要不要吃些東西？」

「什麼？」凱蒂似乎一下子沒能跟上祂的思路。

安妮笑了，指了指她乾癟的小肚子，「妳看起來都好久沒吃東西了，如果南希好不容易回來了，卻看見妳因為餓肚子倒下了，這可怎麼辦？

「妳忘了傳聞裡，從不夜城堡裡回來的人，都會上吐下瀉一整天嗎？到時候還得讓妳好好照顧她。」

凱蒂羞愧地低下頭，「對不起，法師大人，我、我之前生病了，已經好幾天沒有工作了，我並沒有錢可以買吃的。」

老祭司露出溫和的笑意，「孩子，別擔心，在這座臨海城，我們不會讓任何一個好孩子餓肚子的。妳得先吃飽，才有力氣好好工作，明白嗎？」

凱蒂哭到吸著鼻子，擦了擦眼睛，她用力點了點頭，帶著哭腔說：「求求您，法師大人，我會很努力工作的，求求您帶回南希，她是我的家人，我們好不容易得到自由……」

安妮溫柔地摸了摸她的腦袋。

離開凱蒂家以後，老祭司看向安妮，「您打算怎麼做？」

安妮摸了摸下巴，「首先找到正在下雨的地方，然後關注哪裡出現了那座奇怪的城堡。菲特大陸現在是我的世界，只要我想，我能察覺到任何地方發生的一切。」

祂正打算按照計畫進行，地上忽然鑽出來一隻圓頭圓腦的小骷髏，它喀噠一聲抬了抬自己的下巴，戈伯特的聲音從裡面傳了出來，「安妮，有一位神明前來拜訪您，我說您暫時不在，祂也不肯離去，說是有要事和您商量。

「安妮，如果有空的話，還是儘快回來一趟吧。」

戈伯特的話還沒講完，骷髏又把自己的下巴喀噠一下，奧米洛的聲音氣急敗壞地傳來，「祂快要把這裡弄得一團糟了！見鬼，這是什麼神啊！」

安妮的表情有些困惑，一般來說祂死神的凶名在外，很少有人敢在祂的地盤胡鬧，這位到底是誰啊？

祂有些為難地看了一眼老祭司，「抱歉，我得先回去一趟，別擔心，我也會一邊關注著這邊的。」

老祭司微微點頭，「如果這裡下雨了，我會再次向您祈禱。」

安妮和里維斯氣勢洶洶地趕回冥界，打算看看到底是哪個囂張的神明敢在祂的地盤撒野。

祂一腳踏進冥界的大門，就看見地上的骷髏們涇渭分明地分成兩邊，一部分在戈伯特和奧米洛身後瑟瑟發抖，另一部分在一名穿著西裝的年輕男士身後抱頭痛哭。

奧米洛的臉色看起來十分難看，在看到安妮回來之後也沒有好轉多少。

安妮好奇地挑了挑眉毛，「我記得我離開之前，是讓大家學習怎麼製作木頭製品的，為什麼大家都在玩呢？」

奧米洛臭著臉指向眼前的年輕神明，「祢問他！」

祂穿著一身精緻的西裝，然而卻很隨性地坐在冥界的土地上，眼前撒落著一地的紙牌。

看到安妮過來，祂露出了熱情的笑容，朝安妮伸出了手，「我等您好久了，死神冕下！」

安妮看著祂伸出的手掌，忍不住挑了挑眉毛，但還是伸出手禮貌性地握了握，有些冷淡地開口：「抱歉，我實在有些繁忙，閣下還沒有做自我介紹……」

安妮皺了皺眉。

對方臉上還帶著笑容，但和祂相握的那隻手卻怎麼也不肯鬆開。

安妮不動聲色地用力一拉——對方的手整個掉了下來。

安妮無言了。如果祂不是見慣了日常掉腦袋掉腿的死神，這下肯定會被嚇一跳。

對方哈哈大笑起來，笑得上氣不接下氣，十分愉悅地把手從衣袖裡再次伸出來。

安妮這才發現祂把右手藏在了衣服裡。

對方朝安妮擠了擠眼，再次伸出右手，「您好，尊敬的死神冕下，我是惡作劇之神，很高興見到您，希望您也很高興，哈哈哈！」

安妮瞇了瞇眼，祂覺得自己很不高興。

奧米洛立刻大聲嚷嚷起來，「祢看吧、祢看吧！我就說祂腦子有問題！」

惡作劇之神並不在意安妮沒有回應，也不在意被奧米洛當面奚落，祂依然保持著微笑，似乎對自己在別人口中被描述成什麼樣都相當無所謂。

戈伯特幽幽地嘆了口氣，「安妮，這位先生……祂確實有些奇怪。祂帶來一副奇怪的紙牌，要求我們和祂進行賭博，如果我們贏了祂就離開，如果祂贏了祂就要帶走一個骷髏……」

安妮目光沉重地看著惡作劇之神身後的骷髏，「……你們這是輸了多少次啊？」

奧米洛漲紅了臉，「祂肯定是作弊了！」

的確，一次沒輸贏了這麼多次，確實很容易讓人想到作弊。

但惡作劇之神嘻嘻笑道：「要說我作弊得找到證據，如果沒有證據，那就只代表我是個超級幸運兒。啊，說起來我來這裡之前，特地擁抱了幸運女神，雖然祂賞了我一巴掌，哈哈哈！

「也不知道被幸運女神賞一巴掌，到底是幸運還是不幸呢？」

「我們可以賭一場。」安妮忽然笑了，「但賭注得換一換，如果祢贏了，我讓祢活著回去，如果祢輸了，就把命留下。」

「想要和死神賭一場，怎麼也得有豁出命的勇氣吧？」

惡作劇之神臉上的笑意略微收斂了一些，祂目光微動，似乎也不是全然不懼死神的威脅。

但祂洗了洗手裡那副牌，手指一撥讓它們在手中展開，祂神情晦暗不明，有些高深莫測地對安妮說：「看樣子您也是資深的賭徒呢。」

「真正的賭徒無論輸贏都不會把自己置於不利的境地，我可不能答應這樣的賭注。但是……親愛的死神冕下，如果我就此離開，祢也會很困擾的。」

「我帶來了一個情報，當作您贏過我之後的獎品。嗯，雖然我也不想死在這裡，但就這麼白白把情報給祢，這也不符合我的性格。」

安妮微微點頭表示理解，經過這麼久的相處，祂已經逐漸接受了，大部分神明的腦子都多少有點問題這個事實。

祂打了一個響指，戈伯特身後一隻瑟瑟發抖的小骷髏立刻爬起來，一溜煙邁進了傳送門。

「知道了，既然祢不情願違背自己的原則，那我就找一個幫手，在不殺死祢的情況下讓祢強行說出來。」

「是誰？」惡作劇之神看起來並不在意祂找幫手，只是有點好奇對方的身分。

「是我。」

有氣無力的聲音在惡作劇之神身後響起，對方來得比想像中更快，幾乎只花了一瞬間。

惡作劇之神下意識脊背一寒，在祂反應過來之前，對方已經朝祂伸出了手。

「不……」惡作劇之神的表情一瞬間有些驚恐，然而祂根本來不及逃走，就被絕望之神逮了個正著。

惡作劇之神臉上的表情很快平靜下來，祂沉默地回頭看了一眼自己身後瑟瑟發抖的骷髏們，維持著相同的姿勢坐到它們之間。

周圍的骷髏默默地挪開了距離。

安妮頓了頓，「……偶爾我會覺得絕望之神在神界的名聲比死神更大。」

「讓您見笑了。」絕望之神依然是那副毫無希望的模樣，「像我這樣的人，能稍微為別人幫上點忙，也讓我覺得很感動。」

安妮向祂道謝之後，再次看向惡作劇之神，「現在祢可以告訴我了吧？

祢來這裡到底是為了什麼。」

惡作劇之神有氣無力地掀了掀眼皮，祂幽幽地嘆了口氣，「唉，沒有意義的。反正大家最後也都會毀滅的，仔細一想無論做什麼也不會改變這個結局，既然如此我在祢的世界裡扔下了一個小玩具城堡也就不是什麼大不了的事情了。」

安妮眉頭一挑，有些錯愕地和里維斯對視一眼，祂目露凶光地捲起袖子，「好啊，原來那個什麼『不夜城堡』是祢搞的鬼！告訴我，怎麼讓它把吞進去的人放出來！」

惡作劇之神卻不再回答，祂呆呆地放空目光，喃喃自語般開口：「啊，好想變成一顆蛋啊，鑽回母親豐滿的羽翼下……如果能夠在孵化之前就死掉就更好了，這樣就永遠是一顆蛋。」

絕望之神面露絕望，「對不起，我好像又把事情搞砸了，我就知道我這種人，到頭來還是幫不上什麼忙的。」

安妮無語了，事情好像又變得麻煩起來了。

「咳。」里維斯清了清喉嚨提醒祂，「也許我們可以考慮用麻煩對付麻煩，比如……真的沒有希望了嗎？」

他一說出這句話，安妮立刻反應了過來，但還有些懷疑，「這裡不是神界，祂真的會……」

「我來了！」

安妮話音未落，希望之神莊嚴的聲音就在此響起，祂腳步匆匆跨過傳送門來到冥界，「我就知道絕望出門肯定會帶來不祥的災難，不必擔心，我這就來制止這一切！」

希望之神這次有備而來，祂手中舉著一支火炬，火炬散發輝光，所有沐浴在光芒下的生物都覺得渾身充滿了力量，覺得全世界沒有做不到的事情。

只有絕望之神痛苦地嗚咽一聲，蜷縮著身體看起來搖搖欲墜。

惡作劇之神一個鯉魚打挺坐了起來，祂大笑著說：「來吧，死神，繼續我們的賭約吧！祢要賭什麼，無論是豁出命還是付出什麼代價，我都會從祢的手裡贏得我想要的一切！」

安妮有點無言，「……祢們能不能讓祂的性格變得稍微折中一點。」

絕望之神掙扎著爬起來，「我、我稍微再試試，只要稍微讓祂有點沮喪就好了吧？」

希望之神高舉火把，「我不會讓祢胡作非為的，絕望！」

安妮一揮手，「給我把祂按住！」

剛剛受到了希望光芒照耀的骷髏們士氣大振，一聲「是」喊出通天徹地、千軍萬馬的效果。

希望之神愕然看著剛剛被自己激勵的骷髏們撲上來，滿懷希望地把祂按住了。

絕望之神搖搖晃晃地站起來，祂再次拉住了惡作劇之神，嘴裡嘀咕著：「一點點，只要一點點就好……」

安妮眼看著惡作劇之神臉上的表情出現了一絲紊亂，但祂心中的絕望很快戰勝了剛剛燃起的希望，祂又有些有氣無力地蹲了下來，只是看起來沒有剛剛那麼嚴重了。

安妮嘗試著和祂對話，「咳，現在可以交流了嗎？能告訴我，祢扔在我世界裡的那個城堡到底是怎麼回事了嗎？」

惡作劇之神懶洋洋地掃了祂一眼，「也沒什麼，就是祢的這個世界，原本不是命運創造的嗎？啊，我不是說新來的那個，我是說原本的那個。」

「我知道。」安妮有些著急地催促祂，「然後呢？說重點。」

「不要著急嘛，我總得先為祢講清前因後果。」惡作劇之神笑了，「命運是智慧神的從神，祂跟我們混沌神一派的神明關係都不怎麼樣，所以創造世界的時候也沒有邀請我們。

「啊，不過混沌神祂還是邀請了的，畢竟是六位主神之一嘛。

「但是祂邀不邀請也根本無所謂，畢竟我們混沌派的神也不是什麼聽話的傢伙，祂越是不讓我們來，我們就越是要來……」

安妮大概明白了祂的意思，「簡單來說，因為命運神創建世界的時候沒有邀請祢們，所以這個世界幾乎沒有祢們的信徒，所以在世界完整之後祢悄悄去了一趟，放下這個城堡？」

惡作劇之神滿意地點了點頭，「沒錯，就是這個意思，被那座城堡的惡作劇嚇到的人就會下意識對我產生敬畏，而這個傳說知道的人越多，我得到的信仰之力就越強。」

安妮冷眼打斷了祂，「祢說這只是一個惡作劇？有個女孩到現在還在那座城堡裡沒有出來。」

惡作劇之神遺憾地聳了聳肩，「這就是我來找祢的原因。雖然我覺得死個人也沒什麼大不了的，不過這畢竟是祢的世界，我也不想跟傳聞中踩著其他神明屍骨上位的死神槓上。」

「告訴我解決辦法。」安妮想之後祂一定要找個機會把這傢伙狠狠揍一頓，但這都是之後的事情了，現在得先把城堡內的南希救出來，凡人的生命可是相當脆弱。

惡作劇之神打了一個哈欠，「啊，這我也沒有辦法，我只是打算來通知祢一下。畢竟那座城堡也不是我做的，那是我委託工匠之神打造的，本質是個鍊金工具，它出問題我也不會修。」

「鍊金的道具嗎？」戈伯特一下子打起了精神，這就是他擅長的領域了，「安妮，鍊金的道具都是遵循一定規則的，它們無法憑空創造什麼。就像我的箱子，它只有完整收集一個破碎的物品，才能遵循修復的規則，讓它回復原樣，這個城堡一定也是有規則可以遵循的。」

安妮低頭思索，「按照原本的規則，被惡作劇之後的人應該會回到現實世界，但卻沒有回來……會有什麼原因呢？」

戈伯特考慮著，「有很多種可能，但最常見的應該是規則的錯亂，就好比說我的箱子，那次我塞進了比原有的東西更多的材料，它原本的規則產生了錯亂，創造了我現在的軀體，但本身也因此破碎。

「如果是工匠之神創造的鍊金工具，或許會比我的創造的更厲害些，那座城堡或許在試圖自己修復規則，所以才帶著那個女孩一起消失了。」

安妮瞇了瞇眼，立刻站了起來，「也就是說，當務之急是找到工匠之神，詢問祂這個城堡的規則到底是什麼，以及到哪裡才能找到它。」

戈伯特也躍躍欲試地站起來，「哦，安妮，這或許有些唐突，但我也想見見工匠之神，祂是我追隨的目標！我當初甚至想用祂的名字命名我的箱子。」

「工匠之神是創造神的從神，也許你可以直接用創造命名你的箱子，反正六位主神公正無私，不會因為這點小事生氣。」惡作劇之神即使懶洋洋地半蹲在地上，也不甘寂寞地發出提議。

戈伯特眼睛發光，「沒有想到死後反而能夠見到我信奉的神明。喔，當然，身為亡靈法師那部分的我也是信仰死亡的，但是身為鍊金學者那部分的我，也是虔誠的工匠之神信徒。」

安妮無奈地笑了，「戈伯特，我們之間用不著說什麼信仰的，走吧，我帶你去拜訪工匠之神。」

拜託了絕望之神暫時留守冥界，順便幫忙看住惡作劇之神不要胡作非為，安妮帶著里維斯、戈伯特前去拜訪工匠之神。

為了防止希望之神持續找絕望之神的麻煩，安妮還把祂也帶走了，美其名曰希望祂幫忙帶路去工匠之神的神殿。

希望之神總是樂於助人的，只是祂似乎對安妮求助絕望的事頗有微詞，「死神冕下，我還是覺得您應該謹慎挑選交往的神明，一旦困於絕望，哪怕祢是神明也會失去人生的光亮的！」

安妮表面認真實則敷衍地點頭，「是是是，我明白我明白，對了工匠之神的居所是在那邊嗎？」

希望之神很快被轉移了話題，祂指了指方向，「是那邊，那傢伙的居所很好認，偶爾祂那裡也會傳來奇怪的爆炸聲。」

「哦，這我十分熟悉，每次我實驗失敗的時候都會發生大爆炸！」戈伯特的眼睛閃閃發光，欣喜於自己又找到了一樣和工匠之神的相似之處。

「你是鍊金學者嗎？工匠之神也不僅是在鍊金方面有所成就，祂同樣擅長各種手工製品，上次我還看見風神拜託祂用自己的羽毛替鹿角做了裝飾。」希望之神相當友善地提醒戈伯特，並沒有因為他是亡靈就輕視他。

「這可真是了不起！」戈伯特忍不住讚嘆，「人類的精力是有限的，如果我能有幸擁有無盡的生命，那麼我也希望能夠嘗試各式各樣不同的事務……也許有一天我還能做一條新裙子給安妮。」

安妮忍不住笑了，「你可以做一雙新鞋子給我，斗篷是里安娜做的，我是不會把它換掉的！」

「哈哈，好吧，要趕上里安娜的手藝，我也得學習很久。」戈伯特微笑著應答。

工匠之神的居所確實很有特點，祂所居住的地方是安妮在神界見過最精緻的建築。

安妮正要感嘆，一個肌肉虬結的男性就拎著鐵錘走出了房門，祂有些驚訝，但還是很快露出了豪爽的笑容，「哈哈！有新朋友前來拜訪了啊！怎麼了，是需要我幫忙做什麼東西嗎？」

安妮鬆了一口氣，這看起來是一位十分好說話的神明，祂開門見山地說：「您好，工匠之神冕下，我們需要您的幫助。惡作劇之神拜託您打造的『不夜城堡』，似乎出了一些問題，您還記得這個鍊金道具的規則嗎？」

工匠之神有些驚訝，但還是馬上開始認真回想，「『不夜城堡』？啊，祢是說惡作劇之神讓我打造的『惡作劇城堡』啊，那個東西費了我不少工夫呢。別擔心，我清楚記得它的規則，每一個作品都是我的孩子，我會記得每個孩子，哈哈！

「它只會在雨天出現，吸引行人進入之後給他們美酒美食美人，讓他們度過無與倫比的愉悅夜晚之後，進入者會陷入沉沉的睡眠。一旦外來者睡著它就會變成一座破敗的古堡，昨晚享用的一切都會消失，外來者離開城堡，將視線移開的一瞬間，它就會消失。」

安妮有些困惑，「就是這樣嗎？因為我聽說每個從城堡裡出來的人都會上吐下瀉。」

工匠之神哈哈大笑起來，「這倒不是小屋本身的作用。只是鍊金道具沒有辦法憑空創造一切，舞會上的人是幻象，但食物是因地制宜的。簡單來說，如果它出現在沼澤裡，外來者吃下的美食就是爛泥，如果它出現在沙漠裡，那外來者吃下的美食就是砂礫。」

這下安妮明白了，祂皺起眉頭，考慮起凱蒂和南希的行為裡，有沒有哪些可能會引起規則錯亂。

工匠之神十分熱心地問：「孩子，祢怎麼了？那座城堡出了什麼問題嗎？」

安妮和里維斯對視一眼，還是如實開口：「是這樣的，工匠之神冕下，我的世界裡，有個女孩進入這個城堡之後，到現在也沒有出來。我們懷疑她的某個行為引發了城堡規則的錯亂，想要問問有什麼辦法能夠更快找到那座城堡。」

工匠之神皺起了眉頭，「能跟我詳細說說當時發生的事嗎？」

安妮把凱蒂的講述重複了一遍。

工匠之神皺起眉頭，察覺到一點不尋常的事情，「我說，死神冕下，祢可能被惡作劇那傢伙騙了。」

「什麼？」安妮有些茫然地瞪大了眼睛。

工匠之神嘆了口氣，「您知道鍊金道具可以被人使用，也可以自動使用。」

「我知道，就像我的箱子，它會自動吸取我的骸骨，也能被我驅使著主動收集其他東西。」戈伯特一開始一直壓抑著自己的激動，祂告訴自己先找到那個被困的孩子更要緊，但工匠之神提出這個問題，他又忍不住插嘴了。

「哦，抱歉，尊敬的工匠之神，我是您的信徒，對鍊金術也有些了解，有幸能夠見到您，我實在是非常高興！」

工匠之神拍了拍自己的腦袋，笑容豪爽，「哈哈，沒想到這裡也會有我的信徒，你似乎也有打造自己的鍊金道具，我對你那個箱子也很有興趣。有空的時候你儘管過來，如果願意當我的助手這就更好了！」

戈伯特趕緊點頭，「是的，當然！」

他飛快答應，帶著激動看了一眼安妮，安妮朝他點點頭露出微笑，隨後再次看向工匠之神，「我們都認為這座城堡會將南希困在裡面，是它自己的問題，而您的意思是……實際上它是被惡作劇之神驅使才困住了那個女孩？」

「也不一定是祂主動要困住那個女孩，祂確實不喜歡殺人，但混沌神一派的傢伙說謊也都是家常便飯了。」工匠之神認真地推測，「我猜測是某個雨夜裡，惡作劇之神帶著城堡，正好遇到了那兩個女孩，祂驅使城堡捉弄她們，但沒想到導致城堡的規則錯亂，那個女孩被困出不來了。」

「畢竟如果按照我製作的規則，若是有兩個人同行，城堡本身是不會顯現的。」

安妮瞇了瞇眼，覺得自己之前沒有揍祂一拳真是虧大了。祂冷笑一聲，「這麼說，問題是出在惡作劇之神身上了。」

「咳。」工匠之神清了清喉嚨，「死神冕下，我並不是要推卸責任，只是如果是惡作劇之神驅使城堡的話，那麼那座城堡，現在應該就還在祂手中。」

安妮眉頭一挑，祂忽然想起惡作劇之神那時候說的話。

真正的賭徒從不把自己放進不利的場景。

祂也是神明，在絕望之神的影響下雖然說出一部分真話，但還是把最重要的部分藏了起來。

安妮忍不住咬牙切齒，「那祂來找我又是什麼意思？」

工匠之神苦笑了一聲，「祂大概是不想鬧出人命，但又想擺脫責任吧。只要祢打算接手這件事，祂應該就會找機會讓城堡顯現在祢面前，偽裝成城堡自動出現的模樣。

「不用這麼看我，我跟祂打過很多次交道了，也被坑了好多次了。因為我為祂製作過鍊金道具，祢不知道這惹出了多少麻煩。尊敬的死神冕下，如果您打算教訓一下這個傢伙，能不能幫我把『惡作劇城堡』帶回來？

「我總覺得這傢伙以後會惹出更多事情。」

安妮露出微笑，「我會的，工匠之神冕下，如果您的道具足夠堅硬，沒有被我失手捏碎的話。」

工匠之神忍不住哆嗦了一下。

為祂們帶路的希望之神皺著眉頭聽了半天，忍不住開口：「太過分了！請不用擔心，我和你們一起去！我們不會放棄救下那個女孩的希望！」

安妮伸手拎住祂的後頸，鄭重地看向工匠之神，「既然如此，也請您幫忙吧，看住祂，拜託。」

「嗯，稍等一下。」工匠之神點點頭，從屋內取出一個巨大的項圈，把它扣在了希望之神的腦袋上，祂露出笑容，「好了，在取下這個項圈之前，祂沒辦法離開我的屋子三公尺遠，請放心去吧。」

「不！祢們不能阻止我！」希望之神悲憤欲絕。

安妮欲言又止地看了幾眼希望之神頭頂的項圈，最後還是忍不住問：「為什麼扣在頭頂上？」

這明明看起來就是個項圈，怎麼想都應該扣在脖子上！

工匠之神不好意思地抓了抓腦袋，「這本來是給畜牧之神家老是走丟的那隻小羊用的，如果扣在希望之神的脖子上，我擔心祂會覺得有些屈辱。」

安妮無語了，那麼讓祂頂在頭上就不會了嗎？

戈伯特忍不住讚美道：「哦，原來如此！鍊金道具不僅可以用來製作神明的神器，也可以用來製作各種生活中的小東西。」

「是的，沒錯，它就應該融入生活！」工匠之神讚許地點了點頭，他們看起來相當有共鳴。

安妮無奈地搖搖頭，「好吧，戈伯特，我知道你已經迫不及待了，抱歉，工匠之神，可以讓他留下來參觀嗎？他對這個實在很感興趣。」

工匠之神哈哈大笑，「當然沒問題了，非常歡迎！我也是難得能找到人願意聽我嘮叨各種道具，這就是志同道合吧！」

安妮氣勢洶洶地趕回了冥界，聽完工匠之神的話祂還稍微有點擔心，擔心單純的絕望之神被祂騙了把祂放走。

所幸安妮趕回冥界的時候，惡作劇之神還老老實實地雙手抱腿坐在地上。

安妮鬆了口氣，祂忍不住感謝地拍了拍絕望之神的肩膀，反而把對方嚇得往後幾乎摔了一個跟斗。

「請小心一點，不要輕易靠近我。」絕望之神小聲提醒。

安妮點點頭，轉頭看向惡作劇之神，換上另一幅面孔，祂伸出手，一把散發著漆黑死氣的鐮刀出現在祂手裡，不知道是不是曾經殺死過神明的關係，這把鐮刀的氣勢比祂剛拿到的時候更足了。

絕望之神倒吸一口涼氣，祂掙扎著默默往後退了兩步，驚疑不定地看著安妮，「死、死神冕下，發生什麼事了？為什麼突然……」

安妮露出溫和的笑容往前一步，「不，這一點都不突然，我想惡作劇之神冕下應該也很清楚我為什麼會這樣吧？我倒是有點意外祢居然沒有想辦法逃跑。

「我還以為祢會想辦法跟絕望之神賭一場呢。」

惡作劇之神面露絕望，「我也想逃跑啊，可是這傢伙根本不聽我說話啊！這種一點好勝心也沒有的傢伙要怎麼激祂跟我賭啊！」

安妮忍不住笑了，「這麼說，陰差陽錯，我還是安排了一個最適合看守祢的神明啊。好了，把城堡叫出來吧，在我救出那個孩子之前，我保證不會殺了祢的。」

「您可沒說救出她之後也不會殺我。」惡作劇之神並沒有動作。

安妮瞇起眼睛，「我認為祢現在沒有拒絕的權力。」

「確實，情況對我很不利，但在您前往工匠之神那裡時我就預料到了現狀。」惡作劇之神又露出招牌的笑容。

安妮覺得有些奇怪，祂似乎還有什麼倚仗。

「雖然沒能說服絕望把我放走，但我也在其他方面做了些努力，啊，這也是您給我的啟發。」惡作劇之神抬起頭看了看虛空，「就算祂再慢，這時候也該到了。」

看樣子是找幫手過來了。

安妮挑了挑眉毛，絕望小心地靠過來低聲提醒祂：「混沌神派的神明雖然也不見得關係多好，但祂們都是有點奇怪的喜歡湊熱鬧的傢伙，等一下真的有可能會有人過來。」

安妮臉色顯得有些奇怪，「啊，我覺得其他神已經夠奇怪了，比一般神還要奇怪嗎？」

絕望鄭重點頭，「嗯，比希望還要奇怪一點。」

安妮大概知道是哪種奇怪程度了，祂看向惡作劇之神，「祢是不是在拖延時間，祂還沒來呢。」

絕望小聲嘀咕：「也有可能是已經來了，但是也沒有現身，祂們或許是想先看看惡作劇之神挨打的樣子。」

惡作劇之神下意識想要反駁，但是祂的笑容僵在臉上，突然意識到如果是混沌神一派的話……這也不是沒有可能。

安妮露出笑容，「啊，這樣的話，我們就來試一下吧。」

祂一把拎起惡作劇之神的領子，舉起拳頭，對著虛空中不知道存不存在的神明說：「那我打了啊，我真的打了啊？」

忽然天地間一聲怒喝響起，「吾乃戰神，死神可敢出來一戰！」

神力加持之下，祂的聲音幾乎在整個冥界響起，安妮抬起了頭，臉上笑容不減，「這就是祢找的幫手？」

惡作劇之神努力讓自己在被揪著領子的情況下也保持優雅，祂露出笑意，「即使是擁有死亡權柄的死神，也得打贏了才能取走神的生命吧？這位可是戰無不勝的戰神，而且祢之前還說過要取走祂的神格。」

「死神冕下，我的籌碼是不是讓祢有些吃驚呢？」

「確實是很吃驚。」安妮面無表情地抬起頭，「我是沒想到我的兩個下屬的願望今天一天都能實現。」

「什麼？」惡作劇之神的表情有些茫然。

冥界的天空之上出現了一個渾身包裹著黑鐵盔甲的神明，祂左手握著一面盾牌，右手拎著一把長槍，渾身散發著如有實質的殺意。

如果仔細點看，還能看見祂的盔甲上有不少暗紅色的血跡。

安妮轉頭看向神情明顯激動起來，拎著重劍躍躍欲試的奧米洛，「交給你了，打不贏也沒事，反正你也死不了，啊，記得幫自己留個全屍。」

「放心吧！能夠肆無忌憚地戰鬥，這也是亡靈的饋贈啊，哈哈哈！」他手握重劍，猛地一步跨上前，在戰神開口說話之前率先撲了上去。

惡作劇之神的臉色有一瞬間的茫然，但祂很快就恢復了一貫的虛張聲勢笑容，「就憑那個亡靈，他根本不是戰神的對手！」

那邊奧米洛剛剛衝過去，戰神一槍勢如破竹，將他整個人釘在大地上，似乎印證了惡作劇之神的說法。

然而奧米洛根本不在乎自己身上的長槍，他直接將長槍抽了出來當作武器，把自己的重劍丟到一邊，眼帶狂熱地開口：「這就是戰神的長槍嗎？就讓我看看有什麼不一樣吧！」

戰神顯然也愣了一下，似乎沒見過這種……這種亡靈。

安妮的目光憐憫，「我當然知道祂是了不起的戰神，不過祢也應該知道我的下屬是已經死了的亡靈，就算是戰神也沒辦法殺死他。好了，現在祢只有兩個選擇，交出城堡，或者等我殺了祢，城堡自己掉出來。」

惡作劇之神沉默了。

安妮也沒有多廢話，祂直接舉起了鐮刀，惡作劇之神立刻變了臉，「請等一下！我這就給祢，我認輸！」

半空中被奧米洛纏上的戰神暴怒，祂不可置信地開口：「我不允許祢認輸！吾乃戰無不勝的旗幟！」

「安靜點先生。」里維斯抬了抬眼，「等我們救出人之後，如果您還想要戰鬥，我會奉陪的。」

說實話，看見戰神和奧米洛這樣的戰鬥，他也有些熱血澎湃，忍不住躍躍欲試了。

惡作劇之神嘆了口氣，祂臉上再也掛不住原本故作玄虛的微笑，愁眉苦臉地取出了工匠之神製作的古堡。

古堡在冥界迅速放大，最後落在了冥界的土地上。

從表面看，這依然是一座華美的城堡，只是不知道裡面出了什麼問題。

惡作劇之神信誓旦旦地說：「各種方法我都試過了，想要把她救出來，只能自己進去了。祢放心，我沒辦法操縱裡面的變化，只能控制它在誰面前顯現而已。」

安妮點點頭，「我進去。」

里維斯眉頭微皺，「沒問題嗎？」

安妮露出笑容，「別擔心，我會隨時和你聯繫的，而且這是在冥界，滿地都是我的標幟，我可以隨時出來，沒有比我更合適的人選，啊，不對，是神選的了。」

惡作劇之神又露出微笑，「讚美您的勇氣，只要推開那扇門就好了。」

絕望之神再次站到惡作劇之神身邊，「請路上小心，我會讓祂保持著適度的絕望的，這樣祂用詭計的可能性會小一點。」

「不，我不會……」惡作劇之神還來不及抗議，絕望之神就已經讓祂再次眼露絕望地蹲了下去。

安妮微微點頭，獨自朝著那座華美的古堡走去。

大概是沒有下雨，城堡大門沒有打開，安妮禮貌地敲了敲門，立刻有人出現為祂打開了門。

安妮臉色古怪地看著眼前長相有幾分像里維斯的古堡主人，他有一頭柔軟的金髮，還有一雙溫柔的藍寶石一般的眼睛，此刻稍微有些意外地看著這位訪客，露出微笑道：「我還以為是哪位女神敲響了我的心門。美麗的女士，請進來歇歇腳吧。」

安妮有些心虛地回頭看了一眼，根據外面人的表情來看，祂們應該看不見這位古堡主人的模樣。

老祭司說的傳聞裡，每個人看見的主人都是不一樣的形象，現在推測起來，也許是按照每個人的喜好來顯現的。

欽慕權勢的人會看見貴族富豪、貪戀美色的人會看見符合自己喜好的美人、如果是飢腸轆轆的人或許注意力都在桌上的美食身上。

安妮想，祂原來也是個貪戀美色的神。

城堡內似乎正在進行一場舞會，安妮好奇地打量著裡面的賓客，他們的舉止看起來和真正參加舞會的貴族無異。

城堡主人漂亮的藍眼睛看著祂，帶上了幾分傾慕，「這位美麗的女士，我能有幸知曉您的姓名，和您跳一支舞嗎？」

安妮眨了眨眼，微微一笑，「你叫我死亡就好。」

「好的，尊敬的死亡小姐。」他臉上帶著不變的笑容，十分紳士地朝祂伸出手，「請。」

安妮瞇起眼，即使祂報上了一個明顯有些奇怪的名號，這位先生也沒有表現出絲毫的詫異。看來這個幻境也是有些破綻的，就是不知道南希現在在哪裡。

安妮優雅地行禮，將自己的手搭了上去，裝出一副天真少女的模樣問：「這裡看起來真有意思，我還不知道您的姓名呢，先生。您是貴族嗎？」

「您可以叫我雅各。」他露出笑容，向安妮講述起了自己的故事。

安妮有些心不在焉地聽著，餘光瞥見桌子上的雞腿忽然彈跳了一下，變成了骷髏的大腿骨。

「……」身為每天和骷髏打交道的死神，安妮並沒有被嚇一跳。

但祂的眉毛還是忍不住抖了一下，即使是這點細微的表情變化也沒有逃過雅各的眼睛，他有些困惑地回頭看了一眼，「發生什麼事了嗎，死亡小姐？」

安妮搖搖頭，笑著說：「不，沒什麼。」

祂很快反應過來，工匠之神的說明和老祭司聽聞的傳說裡，都沒有提到在外來者睡覺之前，這座古堡會突然嚇唬人。

——祂猜測這些骷髏是被古堡當作食物吸收進來的，畢竟在古堡的規則裡，無論是沒有生命的泥土還是沒有生命的骷髏，應該都沒什麼區別。

安妮恢復了表情，考慮著之後該怎麼行動。

新客人被引進來了，那麼原先在裡面的女孩呢？

祂不打算問雅各，因為這只不過是根據祂的個人喜好顯示出來的幻象，本質並不是活的生物。

不過安妮倒是有了一個想法，此刻其他神明和亡靈應該都在城堡外注視著這裡，就和當初凱蒂注視著南希進入的城堡一樣。

如果祂模擬南希當時的行動，或許可能復刻她經歷的一切。

安妮收斂起笑意，想像著如果當時進來的是南希，她會怎麼說。

她和凱蒂都曾經是奴隸，她想像中的城堡主人應該要更沒有攻擊性一點，和藹、友善，但即便如此從她讓凱蒂躲起來的行為裡，也可以推斷出，她並沒有太放心。

所以她一開始不會立刻說出自己還有同伴在外面，她應該會試探這裡的主人是否是真的好心。

安妮稍微歪了歪頭，「先生，我實在不好意思接受您的招待，如果可以的話……可不可以讓我帶一點食物走呢？如果、如果您能借我一把傘的話，就更好了！」

雖然冥界並沒有下雨，但在這座城堡的規則裡，它理應出現在下雨天，因此雅各的臉上沒有出現任何意外的神情。

他露出有些惆悵的表情，低下頭不安地說：「喔，我的小姐，是我做了什麼讓您覺得不安了嗎？

「您的到來就像是光芒點亮了這個舞會，我懇求您，不要這麼快就離我而去！」

安妮無語了。

祂現在稍微有點懷疑自己的喜好，祂是喜歡這種浮誇作風的人嗎？

安妮稍微想像了一下如果是里維斯……

他如果露出不安失落的樣子，還這樣坦率地懇求自己不要離開的話……

安妮嘆了口氣，雖然很不想承認，祂好像確實很吃這一套。

「怎麼了，您為什麼嘆氣呢？」雅各更加關切地詢問。

安妮抬起頭，「沒什麼，我只是……」

祂的話還沒有說完，舞池裡的燈光驟然熄滅，眼前長相俊美的雅各忽然變成了一具風乾的乾屍，安妮稍微抬了抬腳，腳底下似乎有什麼黏稠的液體——像是血跡。

祂這回連眉毛都沒有挑一下，反而露出了笑容，「您是想要嚇唬我嗎？但這對我來說還是挺親切的。」

黑暗只持續了一秒鐘，很快一切又恢復了原狀，現場的所有賓客都像是什麼根本沒察覺到剛剛發生了什麼一樣，繼續著熱鬧的舞會。

雅各更加不安，藍眼睛滢漉漉的一副快要哭出來的模樣，「啊，我、我究竟做了什麼讓您討厭了呢？」

安妮心臟一梗，原來祂喜歡的是這種類型嗎？

不過從他的表現來看，他確實不是故意想要嚇唬安妮的。

安妮環視了一眼舞會，至少在祂目光所及的地方，沒有看見類似南希的身影。

安妮忽然提問：「在這座城堡裡，有哪些地方是我不能去的嗎？」

雅各的微笑忽然顯得有些機械，他微笑著說：「尊敬的小姐，您是今天最尊貴的客人，這裡沒有什麼地方是您不能去的。

「不過，天色已經晚了，您要不要先去我準備的房間休息一下呢？我保證，那裡有全世界最柔軟的床墊，您會擁有一個美妙的夜晚。」

安妮沒有立刻回答，雅各作為規則下的產物，為了不讓安妮懷疑，一直都是有問必答，但剛剛這個問題，他卻岔開了話題。

看來這個思路是對的。

規則錯亂的城堡，在被驅使著打開大門的時候，為了不讓新來的客人看出端倪……應該會讓外來者避開這些發生了錯亂的地方。

安妮鬆開了雅各的手，在他反應過來之前，朝著舞會深處的後廚走過去。

外來的賓客很少會涉足的地方，後廚、酒窖、地下室，這些都能算上。

安妮並不清楚城堡內的構造，祂打算隨便逛逛碰碰運氣。

「死亡小姐，您要去哪？

「死亡小姐？」

安妮無視了雅各的呼喚，獨自快步走向城堡深處。

正在這時，祂的腦海中響起里維斯的呼喚：「**安妮，祢那裡情況怎麼樣？還順利嗎？**」

安妮回頭看了一眼跟上來，盡心盡力扮演祂的傾慕者的雅各，認真地告訴里維斯：「**還好，就是有一個跟你長得有一丁點相似的漂亮男孩一直在試圖勾引我。**」

祂原本是打算開個玩笑的，但里維斯好久都沒有回答。

安妮認真反思了一下自己的玩笑是不是有些過分，祂清了清喉嚨，小心地開口：「**咳，里維斯？你還在嗎？我開玩笑的，其實我看見的是像媞絲一樣的漂亮大姐姐！**」

里維斯有些無奈的聲音響起：「**安妮閣下，我也聽見了工匠之神的話，如果您真的看見的是媞絲的話，我也許是要覺得緊張的。**

「**咳，我、我只是有點高興我確實是祢喜歡的模樣，但是我現在身邊有太多人了，當著這麼多人的面說這些話，稍微、稍微讓我有點不好意思。**」

光用想的都知道里維斯會被怎麼起鬨，但安妮沉默了片刻，才回答：「**里維斯，其實你不用說出來的，用想的我也能聽見。**」

之後有很長一段時間，里維斯都沒有再回話。

安妮好笑地搖了搖頭，搜尋卻並沒有掉以輕心，祂利用神明的感知尋找著這座古堡裡活人的氣息。

南希只是一個凡人，根據描述應該還是並不怎麼健壯的瘦弱少女，她已經被困在城堡內三天了。這麼多天沒有吃飯，她一定已經很虛弱了。如果她吃了東西，情況或許還會更糟。

這裡根本沒有正常的食物，她吃下去的那些東西只會讓她的身體更不舒服。

安妮往前走了一步，忽然眼前滴落了一滴血液，祂抬起頭，走廊的屋頂上倒掛著一具女屍，看起來有點眼熟，似乎是剛剛賓客中的某一位。

周圍牆壁上掛著的肖像畫裡，所有人物都伸出了筆觸分明的手半掩著唇，竊竊低笑起來。

而安妮視若無睹地往前又跨出一步，一切再次恢復了原樣。

祂也違背了城堡的規則，如果南希的行為會引發城堡規則的錯亂，那麼現在祂的行為也會。

如果是那個少女遇見了這樣的場景，她會怎麼辦呢？她會往回跑嗎？

安妮猛地轉身，然而雅各就不遠不近地跟在祂的身後，像個盡職盡責的人偶一樣說著挽留祂的話。

安妮瞇了瞇眼，那麼只能往前走。

祂加快了腳步。

城堡的錯亂體現在前半夜應該出現的美妙幻境，和外來者醒來後應該見到的可怕幻境，開始沒有預兆地混亂出現。

希望不會嚇壞那個小女孩。

就在安妮轉過一個轉角的時候，一扇門忽然打開，然而裡面卻沒有出現什麼可怕的景象，只有一個瘦弱的小女孩一把拉住祂。

安妮愣了一下，有些不確定地開口：「南希？」

對方卻猛地收回手，尖叫著要把祂推出去。

安妮呆滯了片刻才意識到，她應該是把自己當成了和她一樣的外來者，而自己一開口就叫出她的名字，又讓她以為自己就是這座古堡裡的怪物了。

安妮舉起雙手表示自己無害，「是凱蒂讓我來找妳的，我不是壞人！」

也不是個壞神，安妮在心裡補充道。

南希的動作停頓了一下，她遲疑地看向安妮，「真、真的嗎？妳是凱蒂找來的？」

安妮露出和善的微笑，說得更詳細了一些，「是凱蒂去找海妖族的老祭司，老祭司拜託我前來的。好了，把手給我，我帶妳出去。」

她似乎考慮了片刻，安妮也趁機打量著她的身體狀況，她的臉色有些蒼白，但靈並沒有散逸，看樣子還算健康。

安妮悄悄鬆了口氣。

凱蒂抿了抿唇，小心翼翼地朝她伸出手，看樣子似乎安妮只要動作幅度大一點，她就會一下子竄起來逃跑。

為了消除她的緊張，安妮隨口跟她聊了起來，「妳吃這裡的東西了嗎？」

「一點點。」南希如實回答，「剩下的，我想帶回去和凱蒂一起吃。」

安妮露出溫和的笑容，用力握緊她的手，「好孩子。」

下一個瞬間，他們一起傳送出現在冥界。

一口氣還沒有吐出來的南希睜眼就看到了滿世界奇形怪狀的骷髏，終於支撐不住地昏了過去。

安妮頓了頓，「……啊，我忘了叫她閉眼了。」

里維斯無奈地嘆了口氣。

兩人打算先將南希送回臨海城，臨走前安妮對著惡作劇之神露出笑容，「喔，對了，我剛剛想到一個懲罰祢的好辦法。

「殺了祢好像有些過分，我打算讓工匠之神幫忙製作一個項圈，讓祢不能離開希望之神三公尺遠。然後，我們會對希望之神說：『希望啊，惡作劇之神真的沒有希望變成一個好人嗎？』」

「不！」惡作劇之神痛苦地捂住了腦袋。

安妮露出惡魔般的微笑，「在希望面前絕望吧！」

Getaway Guide for Necromancer

IN THE AFTER

4

【媞絲】

安妮成為死神之後，媞絲總算能夠放下心了。

一開始她還擔憂著，安妮成為死神就不能常常見面了，但似乎也不是這樣。即使頂著神明的稱號，她的安妮也依然是那名會撒嬌賣乖，到處撒野的小丫頭。

但逐漸他們也意識到了自己和神明的不同。

安妮逐漸在很多事情上都變得比她更幹練，偶爾不說話的時候，也擁有了神明的威嚴。而且無論多少年過去，祂和里維斯一起出現的時候，那兩張永遠定格在年輕模樣的臉，都會讓媞絲覺得一晃眼又回到了許多年前。

媞絲照了照鏡子裡自己的臉，她年輕時擁有的美貌正在逐漸衰退，她也變成一個老太婆了。

或許很多人都會覺得她對自己出色的容貌相當看重，但其實她根本不在乎這些，甚至是……對這副模樣有些厭惡。

她盯著鏡子中的自己看了片刻，終於忍不住笑了。她這一笑，眼角的細紋和唇角的弧度都鮮活起來，歲月在她身上留下了應有的痕跡，但即使老邁，她也依然風情不減。

門口的魔族冒冒失失地闖進來，「媞絲大人，安妮大人來了！」

媞絲忍不住笑道：「這樣啊，怪不得我又聽見廣場上的熱鬧聲響了。」

每次安妮過來，都會帶來一隊奧米洛訓練的亡靈士兵，興致勃勃地找好鬥的魔族比鬥，據說這些亡靈士兵還是戰神親自教導的。

看樣子戈伯特和奧米洛在冥界生活得很不錯，他們負責輪流看守冥界之門，不用上班的時候，就一個跑去找工匠之神，一個跑去找戰神。

這麼一想，安妮在神界混得也相當不錯嘛，至少跟工匠之神和戰神關係應該都不錯。

眾多思緒在腦海中轉了一圈，媞絲忍不住搖了搖頭，她也真是變成了愛操心的老太太了，就這麼一段路，居然就想了這麼多東西。

她帶著笑走出魔王的宮殿，朝著蹲在廣場邊，和一群魔族混在一起，毫無神明架子的安妮招了招手，「安妮。」

安妮猛地轉過頭，露出大大的笑容，朝她快速奔跑過來，當然，在一頭撲進她的懷裡之前，祂還體貼地放慢了速度。

——她這把老骨頭恐怕禁不起一下猛撞了。

安妮給了她一個結結實實的擁抱，媞絲忍不住閉上眼多享受了片刻，自從她變成亡靈女巫以來，似乎也只有安妮會給她這樣的擁抱了。

「媞絲。」安妮忽然開口，「格林的死期快要到了，我是來告訴妳的。」

媞絲睜開了眼，她沉默片刻後抬起頭，「這樣啊，我差點忘了，我還和他有一個約定呢。真是的，他不應該才剛剛四十出頭嗎？我就知道，他那種個性的傢伙，是不會讓自己好好休息的。」

她一邊說著，一邊往自己的房間走去，她打算拿一件外套。

安妮跟在她的身後，「需要我一起去嗎？媞絲。」

媞絲回過頭考慮了片刻，她笑道：「也可以，不過祢得在外面等我，並且保證不會偷聽。」

安妮幾乎沒有猶豫地舉起手，「我保證。」

「哈哈！」媞絲笑著搖頭，「我才不相信祢呢，小壞蛋。我自己一個人去就行了，讓我一個人送送我的老朋友吧。」

安妮就站在了原地。

祂忍不住嘆了口氣，又轉身往廣場走去。

端著小山一般巨大酒杯的魔王回頭看向安妮，意有所指地問：「她出發了嗎？」

安妮微微點頭，在他身邊坐下來。

魔王克里曼斯抓了抓腦袋，最後還是把自己在意的問題問出了口：「死神冕下，您能看得到每個人的死期嗎？」

安妮抬起頭，祂露出笑容，「也沒有那麼清楚，但是至少能感覺到臨近死亡的人，怎麼了？魔王閣下，魔族的壽命可比人類漫長許多，只要你不死在某場戰鬥裡，就應該還有很多年可以活呢。」

魔王克里曼斯不好意思地喝了口酒，他開口：「不，我是在擔心媞絲。她比之前老了很多，我有點擔心她。」

「克里曼斯閣下。」安妮板起臉，「在人類的認知裡，說女士『老了』，並且說『老了許多』這種話是非常不禮貌的！」

「啊？哎？」魔王克里曼斯有些茫然地瞪大了眼睛，「是這樣嗎？幸好、幸好我沒有當著她的面說過。」

「沒錯！」安妮用力點頭，「如果一定要評論年長女性的外貌，也要用精神、和年輕時一樣這種說法！」

「但這不是說謊嗎？」魔王克里曼斯依然有些不太理解，「媞絲最近總是站一下就說腰痛，而且睡覺時間也變少了，說是睡不著。」

安妮安靜地聽著，祂相當平靜地開口：「因為她是人類，克里曼斯，凡生者，唯有死亡無法避免。」

魔王克里曼斯盯著自己手裡的酒杯，他微微點頭，「我明白。」

媞絲已經來到了金獅國王宮內。

國王格林・萊恩的身體一日不如一日，因此王宮內的行人們臉上多多少少都帶著些憂愁。

但格林似乎早就把一切都安排好了，下一任國王人選是菲爾特・萊恩的次子威爾遜・萊恩。

這個孩子幾乎跟在格林身邊長大，行事風格和格林如出一轍，但在私生活方面又跟他的父親菲爾特・萊恩有幾分相似。

至於格林・萊恩本人……

他終生未娶，但宣稱自己是所有無家可歸的孩子的父親，一生致力於改善貧民窟的狀況。

至少在金獅國的王都內，幾乎已經見不到吃不飽飯的孩子了。

媞絲緩步行走在王宮內，她對這裡並不陌生，作為魔王克里曼斯和金獅王格林・萊恩的老熟人，她幾乎肩負了兩國外交官的職責，時不時就得來一趟。

她抬眼看了看格林的書房，想了想，還是動作輕巧地踩著煙霧攀了上去。

讓她有些意外的是，格林居然就在書房內。

短暫的愕然之後，媞絲很快露出笑容，「我以為至少在臨死前，你會老老實實躺在床上。你不會還在處理什麼政務吧？」

格林．萊恩的臉上也留下了歲月的痕跡，他金色的長髮成了斑駁的淡金，但藍色的眼睛依然並不渾濁。

他似有所感地回過頭，略微露出笑意，「妳來了，媞絲閣下。

「政務交給威爾遜已經很久了，我現在只是一個清閒的老頭而已，他會成為一個好國王的。」

媞絲並沒有進去，她索性在窗臺上坐下，「你還算不上老頭，只是就算你把代理國王的權限交給了那個孩子，你也還會忍不住自己核對一遍吧？」

格林沉默下來，算是承認了她的說法。

媞絲搖了搖頭，「真是的，既然大費周章找了海妖血，你也稍微活得長久一點啊！里安娜都還好好活著，被神明附身之後的菲爾特也還沒什麼問題，偏偏你這個……」

格林忍不住笑了，或許是沒有那麼多重擔在肩膀上，他看起來輕鬆了很多。

他有些無奈地揉了揉太陽穴，「菲爾特就是因為這個才拒絕繼承王位的，他說自己是被神明附身過的，不知道還能活多久，如果我將王位留給他，說不定過不了幾年他也要離世，接連兩位國王離世對國民的打擊也太大了。

「雖然有逃避責任的嫌疑，但他說的其實也不無道理。

「所以我們才把這些重擔都壓到了那個孩子身上，幸好，他是個懂事的好孩子。」

「就像你一樣？那他這一輩子會很辛苦的。」媞絲毫不留情地開口。

格林沉默了半晌，避開了這個話題，「我們的賭約，還是妳贏了，媞絲。妳是來帶我走的嗎？別擔心，之後的事我也處理好了，我說不想要盛大的葬禮，即使屍體從這裡消失也不會引發騷動的。」

媞絲有些無奈地看著他，忍不住長長嘆了口氣，「我說你啊。既然都要死了，死之後的事情就交給別人去操心不行嗎？」

格林無奈地搖搖頭，「這個的話，或許我要下輩子才能學會了。」

媞絲抬眼看著窗外，格林順著她的目光看過去，他露出有些懷念的神情，「我最初選擇這個房間當書房，是因為從窗口能看見一大片向日葵，只是從我接手政務以來，似乎再也沒有往窗外看過了。」

媞絲沉默了片刻，她忽然開口，轉過頭看他，「你會不會後悔？你把一切都獻給家族了，你捨棄了一切，會不會有點後悔？」

格林認真地考慮了片刻，微微搖頭，他將雙手交錯在身前，露出自豪又溫和的笑容，「我並不後悔。」

媞絲定定地看了他片刻，露出點笑意，她轉了轉手裡的菸管，意有所指地說：「我們果然是不一樣的人。」

她指尖輕輕敲了敲菸管，煙霧緩緩地瀰漫出來，她的聲音似乎從遠處傳來，「讓我為將死之人講一個故事吧，關於背叛家族的故事。」

格林稍稍意外地抬了抬眼，他開口：「看來這是一個鮮有人知的故事，我想在擁有亡靈和死後世界的情況下，即使是將死之人也未必能夠保守祕密。」

「我知道。」媞絲的聲音沒有波動，「死人未必能保留祕密，但你可以。你是答應就會做到的那種人，對吧，格林。」

格林微笑著點頭，「是的，我會保密的。」

眼前的煙霧漸濃，他好像陷入了幻象裡，他看見了年輕的媞絲，遠比現在年輕，少女般的媞絲。

她端坐在一面花紋繁複的鏡子前，門外傳來男人和女人的爭吵。她對著鏡子略微側過臉，看了一下自己臉上的那個巴掌印。

格林注意到她梳妝檯上擺著一個家徽，是他從來沒見過的樣式。

手拿菸管的媞絲站到了格林身邊，她有些懷念地看著梳妝檯前的少女，開口道：「我以前是落魄貴族家的女兒，很小很小的貴族，大概你都沒有聽過。門外吵架的是我的父母，他們一心想讓我利用這張臉，嫁入某個大貴族家裡，哪怕是成為什麼大人物的情婦。

「我那時候……很喜歡看書。他們在培養我上還是花了不少工夫的，畢竟連字都不識的女孩也不會受到貴族大人的賞識。」

格林沉默著不知道該說什麼，許久之後他才開口：「那他們為什麼會打妳？」

媞絲笑了起來，「因為我說我不想參加舞會。

「我喜歡讀書，我學習知識的那位老師告訴我，我很有天分，我也許可以做一個鍊金學者。啊，他就是戈伯特，你雖然沒見過，但應該也聽說過。

「他表面上是一個鍊金學者，實際上是一名亡靈術士，但我當時並不知道。他只是暫時在這個小鎮裡停留賺取旅行的費用，碰巧被我的家人找上了而已。」

「妳曾經想做鍊金學者？」格林看向她，「鍊金學者在很多地方都是相當稀缺的人才，如果能夠學成，重新恢復貴族的榮光也不是什麼難事。」

「我也是這麼想的。」媞絲無奈地指了指幻象中她臉上的那個巴掌印，「但很顯然我的家人並不這麼想。他們認為靠自己努力獲得的，遠比不上貴族老爺們施捨的一點憐愛來得穩定。」

幻境中年輕的媞絲沉默了半晌，她站起來走了出去，「我知道了，我會去舞會的。」

爭吵聲終於停了下來。

她的母親埋怨地看了父親一眼，「我就說了，她只是心情有點不好，你怎麼可以打她的臉！這樣她最起碼要休息幾天，不然別人問起來……」

她的父親漲紅了臉，「我是她的父親，我憑什麼不能打她！」

媞絲忽然刻薄地笑了笑，她抬起眼，「就憑你的臉面不及我這張臉有用。」

她的父親似乎因被挑釁了威嚴而暴怒，然而她的母親拉住了他，最終媞絲回了自己的房間，把一切聲響都隔絕到了門外。

她背著門沉默了片刻，忽然淚水順著臉頰落了下來，一大滴一大滴地砸在地面上。

她沉默地低著頭流淚，卻沒有發出一點點聲響。

拿著菸管的媞絲看了片刻，才如夢初醒地看向一旁的格林，「抱歉，我有時候總喜歡看看過去的自己掉眼淚，因為現在的我已經很少會流淚了。」

格林緩緩搖頭，「沒事的。」

「好了，就讓我們略過這段時間。」媞絲笑了笑，她帶著格林走了出去。

眼前浮光掠影一般閃過許多場景，媞絲周旋在各個貴族之間，無數貴族追逐著她的裙襬，她在這座並不出名的小城鎮裡，毫無疑問是最耀眼的玫瑰。

又一次舞會散場，媞絲跨上了馬車，馬夫小心地攙扶著她，低聲問：「小姐，您的腳還痛嗎？」

媞絲的動作頓了一下，她露出笑容，「謝謝，我已經沒事了，伊迪。」

「您記得我的名字嗎？」車夫驚喜地抬起頭來，他是個皮膚有些黝黑，但也十分英俊的年輕人。

周圍還有人在看著，媞絲沒有多說什麼，小心地進了車內。

她並不甘心做誰的情婦，而她也明白，這些追逐她裙襬的所謂貴族們，也並沒有幾個真正打算迎娶她。一旦涉及到談婚論嫁，那麼必定要考慮到的就是門當戶對了。

格林若有所思地開口：「妳喜歡那個車夫。」

媞絲有些驚訝，「你居然看出來了，原來你也不是表面上那麼不解風情嘛！至少我當時很喜歡。」

格林很想問問那個車夫後來怎麼了，但還是決定就這麼看下去。

媞絲的老師打算離開了，而媞絲也有了一個大膽的想法。

她厭倦了日復一日的生活，她打算跟隨戈伯特離開，成為一名真正的鍊金學者。

就趁著參加舞會的機會，她讓車夫伊迪帶她前去城鎮邊緣，戈伯特答應在那裡等她一天。

媞絲手裡的菸管依然飄出裊裊的煙霧，她沉默地看著年輕的自己滿懷希望地上了那輛車，忍不住閉了閉眼睛。

「如果妳覺得痛苦，沒必要再看這些。」格林垂下了眼。

「我自己已經看過很多遍了。」媞絲撥了撥頭髮，她側過臉看向格林，「當然，如果你不想看了，也可以隨時告訴我退出。」

格林沒有說話。

兩人一路沉默地見證著，車夫伊迪依然將媞絲帶去了舞會現場。

媞絲僵硬地望著舞會門口，她低聲問伊迪：「為什麼？」

「妳不該跟他走。」伊迪將臉藏進帽子裡，讓人看不出表情，「那種來歷不明的男人，他不會讓妳幸福的！」

媞絲抿著唇，「他是我的老師！」

伊迪冷笑一聲，「妳以為我會不知道這種男人在想什麼嗎？媞絲，他真的會把妳當成學生，還是當成一名好騙的貴族女孩？」

「我會離開這裡。」媞絲沒有指責他的背叛，也沒有露出軟弱的一面，「我不會依附誰活下去。」

「妳一個人活不下去。」伊迪斬釘截鐵地開口。

媞絲沉默地下了車，門口等待已久的貴族立刻迎了上來，「喔，媞絲小姐，您今天依然如此美豔動人！快請進吧，大家都在等著妳呢！」

媞絲沒有理會他的邀請，她拎著裙襬，提起自己準備好的箱子，幾乎是奪路而逃般朝著和戈伯特約定的地方奔跑過去。

她當然知道和來歷不明的男人走有風險，但她只能賭一把，她鼓起所有不甘心和勇氣，在倉皇的夜色裡奔逃。

所幸戈伯特沒有離開。

格林沉默地看著這個故事走到結局，「之後妳跟著他學習鍊金術，也學習了亡靈魔法，對嗎？」

媞絲微微點頭，「對，雖然戈伯特一開始想要瞞著我，但我看穿了。

「我最後還是丟下了我的家人，成了一名流浪的亡靈女巫。如果是你的話，格林陛下，你會扔下他們嗎？」

格林正色道：「媞絲，妳要明白，我是並不單單是為了我的家人犧牲。

「或許在妳眼裡，我的兩個弟弟一個自由散漫，另一個偶爾過於天真，所以我才不得不承擔起所有的責任。但其實我本身就相當喜歡文書工作，而且，我是因為被家人愛著，才想要好好地回報他們的。

「媞絲閣下，雖然我覺得您當時應該更謹慎一點，但我並不會對您所採取的任何行動表示否定，您很了不起，您沒有做錯什麼。」

媞絲沉默了片刻，忽然笑了，「你這樣會讓我覺得，我是一名在討要肯定的小孩子。」

「您當時會從命運神殿手裡救下我，或許也是因為我嘴裡碎念著什麼家族的榮光之類吧。」格林難得露出放鬆的笑意，「媞絲閣下，我們都這把年紀了，您也該對過去看開些。」

媞絲沉默地看著幻境裡還在按部就班進行下去的故事，故事講述到她跟著戈伯特離開，然而卻沒有她離開之後的畫面。鏡頭一轉，她又回到了那個房間裡，成了那個端坐在鏡子面前的少女。

她已經離開這個小鎮許多年了，但又好像從沒有走出過那個小鎮。

媞絲沉默地看著鏡子前的自己，然後第一次走進自己創造的幻境中，伸出手替過去的自己擦了擦眼淚。

她回頭看向原本應該待在她身邊的格林，他已經消失了。

當媞絲從幻境中離開，格林已經安詳地坐在書桌前的椅子上，看起來只是睡著了。

媞絲打量了他片刻，最後伸出了手，然而就在召喚亡靈的法陣成型的那一瞬間，她又突然後悔一般撤回了手。

她有些無奈地笑了笑，「算了吧。你活著的時候也夠辛苦了，至少死後，就好好休息吧。」

她踩著煙霧消失在窗口，在她離開後沒多久，王宮內喪鐘長鳴。

媞絲回到了魔土，熱鬧的傢伙們都已經散去了，只有魔王還在自己的宮殿前，端著杯空了的酒杯不知道在想些什麼。

「克里？」媞絲笑著叫了他一聲。

克里曼斯回過神，「啊，妳回來了，媞絲，吃飯了嗎？」

媞絲笑道：「你好像在發呆。」

克里曼斯抓了抓頭，「啊，之前我和安妮聊了一下，我有點擔心妳……啊，不是擔心妳死去之後魔土的管理問題，是純粹擔心妳的身體，作為朋友。」

媞絲露出笑意，「謝謝，克里，但我覺得我還能活很久，至少不會死在里安娜前面。」

提起那位亡靈法師，克里曼斯也忍不住抓了抓頭，「那位女士真的是人類嗎？她到底活了多久了。」

媞絲跟著笑了，「雖然我們看起來是模糊了亡者和生者界限的一群人，但我們依然是人類。」

裊裊的煙霧圍繞著她，「我們會經歷離別，會懦弱地逃離，最終還是會掙扎著努力活下去。」

她笑道：「趁我還活著，老朋友，再請我喝杯酒吧。」

Getaway Guide for Necromancer

IN THE AFTER

5

【愛神茶話會】

安妮收到了愛神的邀請，對方邀請祂和里維斯一起前往，在祂充滿浪漫氣息的花園裡享受下午茶。

安妮有些茫然地摸了摸下巴。

祂自認為自己在神界和大家相處得都不錯，至少絕望之神和希望之神應該都挺喜歡祂的。

雖然一開始希望之神十分介意安妮也和絕望之神走得近，但自從安妮給了祂——「惡作劇之神變成好人」這個目標之後，祂似乎燃起了熊熊鬥志，找到了絕佳的神生目標，時不時還會來找安妮商量一下對策。

關於絕望之神的事，祂也就睜一隻眼閉一隻眼，認為安妮只是在選擇朋友方面略微有些小瑕疵罷了。

除此之外，工匠之神和戈伯特成為了摯友，連帶著看安妮都順眼了不少，時不時還會拜託祂試用各種稀奇古怪的新型道具。

而戰神表面上被奧米洛煩得苦不堪言，但他們從單挑打到來向安妮借骷髏排兵布陣，安妮總覺得他們相處得還是挺愉快的，至少在大部分神眼裡，他們都已經是朋友了，戰神本人承不承認，反倒不那麼要緊了。

綜上所述，安妮覺得自己還是挺討神喜歡的。但這位愛神安妮之前並沒有見過，甚至也沒有聽過祂的名頭。

安妮捏著那張隱隱透著花朵香氣的信紙，有些困惑地歪了歪頭。

里維斯關切地詢問：「怎麼了？」

安妮說出了自己的困惑：「愛神邀請我們參加祂的茶話會，特地在信上說了邀請你一起去。」

「我？」里維斯顯得有些意外，「雖然我們平時也不會分開，但特地邀請我，這還是頭一次。」

「對吧？稍微有點奇怪吧？」安妮皺著眉頭附和，轉頭詢問里維斯，「你要去嗎？」

里維斯略一沉吟，還是點了點頭，他笑道：「走吧，畢竟是人家的邀請，而且愛神聽起來應該是個溫柔的神明。」

至少聽起來不像是惡作劇之神那麼胡鬧的傢伙。

安妮和里維斯如約前往了愛神的花園。

祂的花園相當有特點，翠綠的草地上是暗紅色的矮灌木，上面擁簇著紅粉相間的花朵，而高大的樹木上也團團簇簇滿綴著粉色的花枝，就連祂花園所在的天空上飄蕩的雲朵都映著粉色。

安妮抬頭認真打量著那朵雲，正在考慮它是被映紅的，還是愛神真的利用神力把它變成了粉紅色，看著看著，祂忍不住打了個噴嚏。

里維斯的臉色凝重，「我有預感，這一定也是個相當麻煩的神明。」

從這座個人風格過分強烈的花園裝飾來看，應該就能感受到了。

安妮比他更加果斷，祂轉頭提議：「要不我們現在就回去吧？趁祂發現我們來了之前……」

然而似乎已經來不及了。

「啊，是死神冕下！」

安妮如臨大敵地看著從粉紅色的樹下一溜煙跑過來的神明，看外表像是個十七、八歲的少年，倒是沒有像他們想像中那樣穿著一身粉色，只是手中握著一支粉紅花枝，長相十分討喜，介於還未長成的少年和成熟的青年之間。

愛神兩眼發光地一路跑到安妮身邊，伸出雙手用力地握住了安妮的手，激動地搖晃了兩下，「您一定就是那位死神冕下，我聽說過您的故事！」

里維斯眉頭微皺，往前一步，不動聲色地打算讓把愛神隔開一些，對方卻立刻鬆開了一隻手把他也拉上了，眼睛裡面光芒更盛，「我也知道您，您就是里維斯閣下吧！就是那位大名鼎鼎的亡靈騎士！啊，我終於見到兩位了！」

安妮和里維斯對視一眼，同時在對方眼睛裡看見一點茫然。

幸運的是，不用他們提問，愛神自己說了下去。

「我聽說過你們的故事，跨越生死的愛情，我在神界很久都沒有聽到關於愛情的事了！」

安妮眉毛抖了抖，心底冒出一種不祥的預感，「那個……您今天邀請我來是為了……」

愛神的眼睛發亮，「我希望兩位能和我聊聊你們的愛情故事！」

安妮無言地扭過頭看向里維斯，里維斯幾乎能看見祂臉上寫著「我們趁現在快跑吧」幾個大字。

「我聽幸運之神說了，拜託你們了，我會請你們吃好吃的點心的！」愛神一邊請求，一邊毫不留情地拉著他們往自己居所前進，「父母之愛、兄弟之愛、朋友之愛我還沒有成神的時候都體會過了，但只有愛情……

「我自己沒有經歷過，只能跟別人多多學習了，拜託了！」

安妮有些頭痛地嘆了口氣，有些意外地發現他們居然不是唯二的受害者，在愛神的粉紅花林中，他們見到了許久不見的幸運女神。

幸運女神露出微笑，「兩位，好久不見。」

安妮瞇了瞇眼，也學著祂露出微笑，「是啊，確實好久不見，但我卻總是在別人的傳聞裡聽見您的名字呢。」

比如風神嘴裡無情的殺手死神，還有現在愛神嘴裡的曠世絕戀，似乎都是幸運女神說出去的啊！

幸運女神有些尷尬地清了清喉嚨，視線稍顯心虛地飄向了另一邊。

愛神渾然不覺，只拉著安妮和里維斯在座位上坐下，將茶杯和點心放到兩位面前，隨後心潮澎湃地握緊拳頭，祂情緒飽滿地開口：「諸位，我有一個偉大的計畫！」

安妮一瞬間在祂身上看見希望之神的影子，有些謹慎地開口：「咳，冒昧問一句您打算做什麼呢？」

愛神深吸一口氣，握緊雙拳，「我想要創造一個充滿愛的世界！安妮閣下，我一直苦惱於該怎麼推行這個計畫，但您的到來讓我看見了希望！

「不僅是您本人擁有了死亡也無法阻隔的愛情，我還聽說您為工匠之神、戰神帶去了朋友……這就是讓整個神界充滿愛的第一步呀！」

安妮倒是不知道自己什麼時候為神界做了這麼多貢獻。

但就連幸運之神也笑了起來，「這並不是錯覺，安妮閣下，您和您帶來的亡靈們，確實讓這個有些高高在上的神界變得活潑多了。

「不過這傢伙一激動就容易說不到重點，祂想說的是，祂即將要創建自己的世界了，因此想要多收集一點情報，好讓自己安心，您的愛情，您創造的世界和管理的冥界，都是很好的參考對象。」

「嗯嗯！」愛神認真地跟著點頭，眼睛一眨也不眨地盯著安妮和里維斯，

「當然，我最想知道的還是你們的愛情故事！」

安妮和里維斯面面相覷，但他們都已經坐下了，頂著愛神溼漉漉的祈求目光，也只好鬆口同意。

安妮板起臉，「話先說在前面，我可不會說那種肉麻的話。」

里維斯也露出有些歉意的表情，「我也並不是很擅長這方面，而且小時候尤莉卡讓我講故事，我也總是講得乾巴巴的。」

愛神立刻回答：「沒關係，我會自己潤色的！」

有些難以抵抗祂滿懷希冀的眼神，安妮只好暫且同意，「祢要問什麼？」

自己跟里維斯的愛情故事……咳，光是想都覺得有點不好意思。

愛神從懷中摸出一卷羊皮紙，在眼前的桌面上鋪開，捏住羽毛筆鄭重問出第一個問題：「首先，我想請問二位浪漫的相遇是在什麼地點呢？

「是色彩明媚的花田，還是街角不經意的回眸……」

愛神已經暢想了起來，但祂想像的答案和正確答案相差得有點遠。

安妮有些不忍心打破祂的幻想，最後還是里維斯老實回答：「在永夜之森。」

「聽起來是一個有些浪漫的名字！」愛神很滿意他的配合，露出笑容接著詢問，「具體是什麼樣的環境呢？」

里維斯繼續解釋：「是菲特大陸裡一片奇妙的森林，傳聞中是被黑夜詛咒之林，陽光也照不進的詭異之地，如果沒有攜帶特定的道具，或是有暗元素的指引，人們會被這裡的黑暗侵蝕，逐漸迷失方向。」

愛神的笑容稍微有些僵硬，但祂很快自己圓上了邏輯，「我明白的！在這種氣氛下也很適合發展路遇凶徒然後互相救贖的劇情，畢竟是亡靈和死神的愛情故事嘛，一定相當不尋常！你們是怎麼遇見的？」

安妮面無表情地打破了祂的幻想，「那時候我在躲避追殺，而里維斯剛被人一刀捅死，我正巧在樹後看著。」

愛神臉上的笑容逐漸有些掛不住了，但祂還是頑強堅持著，「我、我明白的，畢竟是亡靈，是得先經歷死亡的。」

自我開解了這麼一句，祂似乎又恢復了，祂重新振奮精神，再次開口：「之後是不是祢撫慰了他剛剛死去的不安靈魂，並約定永遠陪伴他？亡靈和死神的愛情有這樣的發展也、也是正常的！」

安妮認真回憶了一下，祂有些記不清地轉頭看向里維斯，不確定地問：「我安慰你了嗎？」

里維斯微微搖頭，眼裡閃過一絲笑意，「沒有，祢只跟我說我死定了，沒救了。」

「咳。」安妮有些不好意思地把頭轉回來，真誠地對著愛神開口，「我當時好像是這麼說的。」

愛神沉默了下來。

祂的表情似乎有些不可置信，有些震驚，還有些委屈悲傷。

一旁的幸運女神都有些不忍心了，祂清了清喉嚨，提醒愛神：「畢竟這才是第一次見面，愛神，不是每段愛情都是一見鍾情的。而且，即使死神晃下沒有心動，也許這位騎士先心動了呢？」

愛神眼中重燃希望，祂看向里維斯，「當時你剛剛死去，有人把你從冥界拉出來的話，你第一眼就會覺得她是拯救你的光吧？是一見鍾情吧？你那時候已經愛上她了吧？」

安妮也饒有興致地看了過去。

里維斯略微沉默以後，內心稍微不忍地掙扎了一下，最後還是如實開口：「不，我當時、我當時以為我被邪惡的亡靈女巫抓住了，還思考著如果她要驅使我作惡，我寧願毀滅靈魂墜入深淵。」

愛神沉默了，而這次連幸運女神都想不出該怎麼安慰祂了。

大概是現場的氣氛太過慘烈，安妮有些不忍心地開口：「我們，咳，我們的愛情故事並不是那麼好的參考，神界沒有其他更好的參考對象了嗎？」

幸運女神露出無奈的笑容，「安妮閣下，您大概是整個神界裡，活得最像人類的神明了。」

安妮有些茫然。

幸運女神垂下眼簾，似乎也回憶起了某些事情，「成為神明以後，一開我也覺得和身為人類時沒什麼不同。但隨著時間流逝，在人間所有活著的人都死去以後，我才逐漸明白神明和人的不同。

「安妮，成為神越久，就會越像原初神，身上的神性會逐漸壓倒人性，我有時都不知道，這是一種進化，還是一種侵蝕。」

「即使神明曾經有過戀人，隨著時間流逝，他們也早已變成了一座墓碑。至於神明之間的愛戀……至少我到現在為止，都還沒有聽說過。」愛神的表情有些落寞，祂執著地看向安妮和里維斯，「但你們是不一樣的。

「死神冕下，祢是冥界的主宰，他的靈魂已經永遠屬於祢，你們永遠不會分開，我想尋找這種永恆的愛情。」

安妮沉默地聽著，祂抬起頭，「那我確實相當幸運。即使是我人間的家人，他們死去後也會來到冥界，我永遠不會失去他們。」

「是的，祢擁有永恆。」愛神眼帶羨慕，「那麼其他神明，甚至其他人類，就沒有辦法獲得永恆嗎？」

安妮稍微思考了一下，祂抬起眼，決定戰勝自己的害羞，為這位認真的神明稍作解答：「我在將里維斯變成亡靈的時候並不知道自己會變成死神，甚至哪怕在我愛上他、決定握住他的手的時候，我也不確定我一定能成為死神。

「我從來不知道我們的愛情會變成永恆，我只是打算……在我還能存在的時間愛他。」

里維斯神情微動，他看向安妮，安妮卻伸出手捂住他的眼睛，「現在不行，里維斯。現在不可以看我！」

「哎呀。」幸運女神捧著臉笑了，祂看著安妮臉上的紅暈一路燒到耳根，「錯過了這樣的風景真是太可惜了，騎士閣下，祂臉紅了。」

里維斯忍不住露出笑容，他溫柔地握住安妮的手腕，似乎想要拉開祂的手，看看祂現在的模樣。

安妮就是不肯鬆手，直接把自己的腦袋埋進里維斯胸前，只露出一個後腦勺，「我沒有，我是一鐮刀砍了命運的凶惡死神！敢看我笑話的話你們都小心一點！」

「呵呵！」幸運女神忍不住掩唇而笑。

愛神也跟著露出傻呼呼的笑容，祂如夢初醒地摸了摸自己的笑臉，覺得好像抓住了什麼，祂忽然跳起來，「啊，這種讓人看著就想傻笑的威力，應該、應該就是愛情的力量吧？」

安妮終於平復了臉紅，鬆開捂著里維斯眼睛的手。

里維斯有些遺憾地看著祂的臉頰，似乎想從上面看出一些殘留的痕跡來。

但安妮此刻卻拿出了神明的氣勢，祂看向愛神，「我在做神明方面還是新手，有時候也不太理解希望之神對希望的執念，也不明白惡作劇之神為什麼那麼喜歡惡作劇。

「但是愛神冕下，我想就算您要履行神明的職責，也不該在『永恆』上那麼執著，您只要關注愛本身就好了。」

愛神似乎還沒有那麼理解，但祂認真地點頭，「我明白了，死神冕下，我會認真考慮的。啊，對了，之後我可以去您的世界看看戀人嗎？請不用擔心，我不會打擾凡人們的，我會躲在箱子、草叢、樹冠這些一般人看不到的地方，悄悄地觀察他們！」

安妮頓了頓，「……可以。」

雖然也許這些戀人壓力會很大，但安妮想，被愛神當作素材的話，對戀人來說應該是某種祝福吧？

「您真是位溫柔的神明。」愛神忍不住露出笑容，「抱歉，我的問題實在是太多了，但我還是不太明白，你們當初的相遇既然一點都不浪漫，那到底是怎麼愛上對方的呢？」

安妮眨眨眼，「我今天的浪漫話已經說完了，說不出來了，交給你了里維斯。」

里維斯也有些無奈，「我想，這大概並無跡可尋。我只是在某個瞬間忽然意識到，卻也根本無法說清，我到底是從什麼時候開始愛上她的。」

愛神執著地追問：「什麼瞬間呢？」

里維斯臉上露出一絲尷尬，他認真地思考著，卻好像怎麼也想不出合適的詞語。

「好了，就別為難這位笨拙的騎士了。」幸運女神打了個圓場，「祢考慮好創造世界的時候，要邀請哪些神明創造種族了嗎？」

「還沒有。」愛神露出了有些苦惱的表情，「說實話混沌神的從神們真的相當麻煩。如果邀請了祂們，祂們可能會亂來，但如果不邀請祂們，祂們也有可能偷偷亂來。

「但我希望創造一個充滿愛的世界，並不希望戰爭和混亂產生。」

安妮還沒有參與過創造世界的種族，因此十分好奇，祂忍不住開口詢問：「創造種族是什麼樣的？」

愛神笑道：「讓幸運說吧，祂可是每次創造世界的時候最受歡迎的人呢，幾乎每個創造世界的神明，都會邀請幸運為自己最寵愛的種族賜福。」

「每到這個時候，我才會覺得我是如此重要的一個神明。」幸運女神撐著下巴笑了，「但我也很少創造自己的種族，愛神，這次的世界要讓我創造一個種族試試嗎？」

「當然！但我希望能和愛情有關。」愛神認真點頭，看到還不太明白的安妮，體貼地為祂解釋，「創造世界的時候一定會有人類，因為這是根據最初創世神的形象創造的種族。之後就沒有定數了，有的神明的世界沒有獸人、精靈、海妖，只有人類，也有的神明在自己的世界裡創造了各種強大的異獸。

「除了自己創造種族以外，神明也可以選擇一部分人類賜福，當然，都是在自己的權柄之內的，如果要超出自己的權柄，也可以找其他神明幫忙。」

「比如。」幸運女神露出了微笑，「如果我想創造一個種族，他們天生格外幸運，但一旦他們陷入愛河，就會變回普通人，這個種族就需要我和愛神一起創造。」

「幸運，這聽起來是個悲劇的種族。」愛神不滿地抗議。

幸運女神不好意思地笑道：「好啦，我只是舉個例子。而且如果他們真的足夠幸運，也許一輩子都不會遇上那個會讓自己的心動的傢伙，這樣他們就可以當一輩子的幸運兒了。」

「這聽起來也並不怎麼讓人高興。」愛神嘀咕了一句，但祂很快看向安妮，「死神冕下，如果是祢，祢會創造一個什麼樣的種族呢？果然還是不死族吧？」

安妮有些困惑，「不死族還用創造嗎？從冥界派一批過去不就好了？」

愛神陷入了沉默，似乎……是這樣沒錯。

安妮認真地考慮著，「如果我要創造一個種族，他們對死亡有格外強大的直覺，並且非常喜歡冷笑話，我應該找哪幾位神明一起合作呢？」

愛神有些茫然，「什麼叫冷笑話？」

安妮興致勃勃地站起來，「我來舉個例子！」

祂指了指愛神，「這是愛神。」

又指了指幸運之神，「這是幸運之神。」

然後祂從自己的斗篷裡翻找出一條麻繩，「這是麻繩！」

現場的兩位神明的表情都有些呆滯。

「噗。」里維斯忍不住低頭笑了起來。

愛神瞇起眼，「這也是愛情的表現吧？」

「啊？不，我是真的覺得很有意思……」里維斯認真地反駁。

他們離開之前，里維斯停住了腳步，他回過頭對著愛神鄭重地說：「愛神冕下，我剛剛終於想到合適的說法。」

「咦？」愛神一下子沒有反應過來他在說什麼。

里維斯微一笑，提醒祂：「關於那個瞬間。

「——我已經死去的心臟，為她而再次跳動的時刻，或許就是我察覺到自己愛意的瞬間。」

愛神呆呆地看著他們遠去，忍不住嘀咕一聲：「什麼嘛，這不是挺會說的嗎？」

幸運之神忍不住掩唇笑了。

Getaway Guide for Necromancer

IN THE AFTER

6

【唯一的花】

在滅世的戰爭結束之後，里安娜原本和媞絲一起，在魔土和金獅國之間來回奔波。

但自從格林在金獅國建立了修道院，讓部分無家可歸的貧民窟孩子能夠吃得上東西，有機會學習之後，里安娜就搬進了金獅國王都的修道院。

她似乎十分享受和孩子們在一起的時間，並樂呵呵地表示：「雖然魔土的孩子們也很識相，只要能夠獲得足夠的好處，讓他們叫聲『奶奶』也不是什麼難事。但是孫子，果然還是要弱小一點、可憐一點，才更可愛嘛，會讓人忍不住想要把全世界的寵愛都留給他。」

一開始孩子們還會恐懼她可怖的面容，但很快，他們就接受了這個會給他們糖果、會講故事、還會坐在躺椅上露出一臉慈祥笑容的「醜奶奶」。

當然，孩子們是不會這麼叫的，他們嘰嘰喳喳地圍著里安娜，她的腦袋裡似乎有說不完的故事，口袋裡也好像有取之不盡的糖，她好像去過世界上任何的地方，無論問她什麼，她都能笑呵呵地答上兩句。

安妮偶爾會去看她，順便看看那群熱鬧的小朋友。

這座修道院並不單獨信仰某一位神明，它收集了各個神明的傳說，記載在了資料庫裡，由志願者們向孩子講述，順便進行通識課程啟蒙。

課堂並沒有設限，即使不是修道院內的孩子，例如沒有財力請教師學習的平民，哪怕是渴望汲取知識的中年人，也隨時可以來到這裡聽課。

表面上看起來這裡的知識並沒有任何偏向，但如果看完整個修道院記載的神話，就會發現死神的故事是最完善的——畢竟看著祂長大的那位奶奶就在這裡，她甚至還能侃侃而談死神是個光屁股小孩時尿床的光榮事跡。

安妮捧著一卷羊皮紙，聲情並茂地朗誦著：「祂是死神，是世間一切消亡的見證者，也是諸神死刑的執行人，人們畏懼祂的威名，卻不知道唯有死亡最為公平，在祂眼裡，世間萬物一視同仁，無論平窮富貴，強大弱小。

「祂擁有並不泛濫的慈悲，適度的溫柔，以及公正的善良。」

安妮笑嘻嘻地把羊皮卷放下來，「這個到底是誰寫的？哇，這麼誇我，我都要不好意思了！」

里安娜笑彎了眼，「讓我想想，啊，是那個說要當遊吟詩人的小子，他說既然完不成自己的夢想，那麼至少也要完成一半，據說他今年還打算出一本詩集。」

「我一定捧場，需要我幫忙在神界也宣傳一下嗎？」安妮一本正經地開口。

里維斯無奈地笑了一聲，「還是算了吧。」

「菲爾特那個傢伙，小時候寫了詩給我看，三天過後又逼著我要我忘掉。

如果他的詩集真的在神界流傳，那麼等他死後到了冥界，從其他神明嘴裡聽到這些作品……他肯定會忍不住把自己埋起來的。」

安妮有些驚訝，「咦？菲爾特居然也會不好意思嗎？」

里維斯似乎也覺得很好笑，「他會，他就是那種表面看起來非常外向，甚至有些不要臉的傢伙，但實際上他只是動作比腦子更快，很多時候他自己就會覺得後悔。」

安妮忍不住笑了。

「喂喂，我好像聽見有人在說我的壞話！」菲爾特臉色不善地靠在資料室門口，他手裡捧著一大束嬌豔欲滴的玫瑰。

安妮好奇地問：「這是要送給誰的？」

「獻給我慈悲、溫柔、善良的女神大人——開玩笑的，里維斯你把手從劍柄上挪開，我知道不該對弟弟的夫人這麼說話了！」菲爾特機警地往後退了一步，「這是要給里安娜的。」

里維斯的表情更加古怪起來，「菲爾特，我認為送玫瑰給里安娜也並不合適。」

「這是賠罪。」菲爾特毫不在意他的目光，溫柔地將玫瑰遞給坐著的里安娜。

——她年紀大了，總是有各式各樣的小毛病，比如站久會覺得吃力。

安妮揶揄地笑道：「啊呀，里安娜魅力不減當年啊，這個年紀還有英俊的王子殿下送花給妳呢。」

里安娜接過花，哈哈大笑道：「別取笑我了，安妮。他還在介意當初把我當成死人呢，這是特地來奉承我，誇我還跟年輕時一樣的。不過，我年輕時候就不漂亮，也從來沒有收過花。」

里維斯也跟著笑了。

安妮卻酸溜溜地說：「啊，好巧喔，我也沒收過花。」

里維斯的笑容僵在臉上。

「里維斯！喔，你這個愚蠢的木頭腦袋！」菲爾特誇張地嚷嚷起來，「過來，我得好好教導你，誰讓你小時候就喜歡跟著格林學那些一本正經的東西，二哥的天分你怎麼也不跟著學學！」

里維斯有些手足無措地跟著菲爾特往門外走，邊走邊回頭和安妮說：「抱歉，安妮，我去為祢挑一束花。」

「笨蛋！」菲爾特恨鐵不成鋼，「現在挑花的話只會讓女孩子更生氣的，說起來就好像是自己討來的一樣！你得現在學好了，以後在祂不經意的時候送，讓祂覺得驚喜才有效果！」

里維斯的聲音越傳越遠，他虛心請教，「那我現在應該？」

菲爾特拔高了聲音，「當然是去挑花以外的禮物了！」

安妮好笑地看著他們走遠，里安娜看著手裡的玫瑰花束，垂下眼撥弄了一下花朵，她忽然開口：「其實我也不是沒有收過玫瑰，在我的葬禮上，曾經有收過。」

安妮知道，這句話是她想講從前故事的信號。

有些快樂的、有意思的冒險，是可以說給修道院的孩子們聽的，但有些涉及到亡靈，涉及到她曾經的過往，就只能說給安妮聽。

安妮乖巧地伏在她的膝蓋上，半抬起眼用黑亮的眼睛望著她問：「是什麼時候的事？」

里安娜笑道：「我或許說過了，但我年紀大了，有些記不得我是不是講過了。」

「沒關係。」安妮笑彎了眼，「里安娜的故事講得很好，即使講過了我也願意聽。」

里安娜微笑著撫摸祂的頭頂，有些為難地說：「但這不是個開心的故事，也許講完以後，我又要忍不住流眼淚。」

「沒關係的。」安妮往她身前蹭了蹭，「那我會負責幫妳擦眼淚，然後再把妳哄開心，讓我想想，要用什麼才能讓里安娜開心起來呢？我講一個笑話給妳聽，或者買城東那家的甜豆給妳。」

里安娜溫和地笑了，「那就拜託祢了。」她微微抬起頭，「讓我想想，故事從哪裡講起呢？」

每次她都會這麼考慮，但每次都還是從頭講起，從她是個長得不好看，脾氣也不怎麼好的小女孩開始講起。

里安娜是這個小鎮上平凡的少女中的一個，唯一的區別，大概就是她長得比一般人更難看一些。

她有一張老氣橫秋的臉，加上不喜歡笑，更加不討人喜歡。

但里安娜那時候並不在意討不討人喜歡，如果有人取笑她，她也不會任人欺負，她會狠狠地欺負回去。

她的父親是一名醫師，一名相當優秀的醫師。

他開始擔憂這個壞脾氣的醜女孩將來會不會嫁不出去，最後思來想去，有了一個大膽的主意——他要教導里安娜醫術。

這樣即使她一輩子嫁不出去，至少可以倚仗自己的手藝吃飯，里安娜非常高興，而她在醫學上也展現了非凡的天分，有些時候她甚至比她的父親更細心、更大膽。

讓人有些意外的是，醜女孩里安娜二十五歲——這在當時已經是沒人要的年紀了——的時候，他們家來了一位十七、八歲的少年伊利夫。

他是里安娜父親故友的孩子，他們一家在天災中喪生，他只能根據父親的遺願，希望渺茫地尋找他的故友投奔。在來到里安娜家之前，他已經在好幾家碰了壁。

里安娜看著少年破了一個大洞、露出腳趾的破爛鞋子，稍微有些不忍心。而她的父親顯然有了另外的想法。

里安娜不知道他們聊了什麼，只知道他的父親把少年留了下來，當作弟子悉心教導，而對方看自己的眼神似乎有了變化。

直到後來她在別人的嘴裡聽見風言風語的閒話，說他父親留下那個少年，要讓他繼承自己的診所和醜女孩。

里安娜勃然大怒，回去找父親和伊利夫確認，得到了肯定的答案之後，她單方面和兩人開啟了冷戰。

伊利夫似乎覺得傷害了她，反而時時跟著她，認真向她道歉，也試著解釋自己的初衷。

安妮知道，每次故事講到這裡，里安娜就會露出溫柔的笑容。祂故意擠了擠眼，「那麼我們的伊利夫爺爺說了什麼？」

里安娜忍不住笑了，她低下頭刮了刮安妮的鼻子，露出一個有些懷念的微笑，「他說，他不敢說自己對我有多少愛情，也不會違心地誇讚我是個美麗的少女，但他從頭到尾，都沒有不尊重過我。

「如果我不願意嫁給他，我們一家也依然是是他的恩人，他會照顧我的。」

安妮的神情也跟著溫柔起來，「那麼我們的里安娜，又是怎麼回答的呢？」

里安娜挺直了腰背，模仿起自己當年的語氣，「我當時還年輕氣盛呢！我說，誰要你照顧，你這點醫術，說出去都丟我們家的臉！到時候，說不定還是我照顧你！」

祖孫兩人在資料室裡忍不住笑了起來。

笑完之後，里安娜繼續講述這個故事。

他們最後還是成婚了，不過這是在很久之後了。

在里安娜快到三十歲的時候，她的父親的身體開始衰老，他快要不久於人世，在他去世前，他希望看見里安娜和伊利夫成婚。

他們因此匆匆成婚。

里安娜覺得這並不是什麼光彩的事情，她沒有朋友，也不會被祝福，頂多會被一群討厭鬼嬉笑著指指點點而已，所以他們連婚禮都沒有。

但他們到底是成了夫妻。

三十歲時，里安娜生下了第一個孩子，是一名女孩，長相更像她的父親，雖然里安娜嘴上沒有說，心裡還是放鬆了不少。

她因此暫時離開了診所，開始了教養孩子的生活，他們很快擁有了第二孩子，是一個活潑健康的男孩。

伊利夫並不是一位有情趣的人，但他一直如他當初所說一般，非常尊重里安娜。他繼承了里安娜家的診所，他的醫術一般，但所幸大家也並沒有寄希望於醫師能做任何事。

就算只是做些風寒、退熱的藥劑，他也能夠養活這一大家子了。

在里安娜四十五歲那年，里安娜生下來第三個孩子，一個格外健壯的男孩。在她這個年紀還能平安生產，實在是一件很少見的事情，鎮子上偶爾傳出些，這個醜女人相當命硬的傳聞。

也就是在這年，診所裡送來了一個傷勢很重的冒險者，他身上到處都是野獸撕咬的傷口，尤其是一條右腿，斷掉的骨頭刺穿了大腿，看起來格外可怖。

伊利夫表示對此無能為力，但這位冒險者的同伴們不甘心放棄，他們憤怒地威脅：「如果你不救活他，我就讓你也跟他一起陪葬！」

從家裡出來幫伊利夫送飯的里安娜正好目睹了這一切，她冷靜地觀察了那位冒險者的傷口，表示：「我能救他的命，但從此以後他會失去一條腿，你們要讓我試試嗎？」

在場所有人都被她的話嚇呆了，在為首的冒險者點頭之後，里安娜把手裡抱著的孩子一把塞進伊利夫的懷裡，拿來了診所裡許久未用的鋸子。

據說當年的場面多少有些血腥，但令人驚訝的是，那位冒險者真的活了下來。

這件事很快傳了開來，畢竟當時很多人都看見那位傷勢可怖的冒險者進入里安娜家的診所。

一開始還只是驚愕於冒險者這樣的傷勢也能夠存活下來，但很快，不知道從哪裡傳來了更多添油加醋的細節。

類似於傷患不是伊利夫救的，是里安娜救的，但她進行救治的時候，沒有讓任何人在旁觀看，卻帶進去了一把可怕的斬首大刀。

還有人說，傷患出來的時候雖然活了下來，但少了一條腿，但那條腿……卻消失在里安娜的診所裡。

越來越多半真半假的傳言紛紛而起，人們逐漸回憶起里安娜的點點滴滴，把她的一切不合理都找到了一個合理的解釋。

——她不是人類，她是一個可怕的女巫！

她從出生時容貌就十分醜陋，把幫她接生的產婆都嚇哭了！

她脾氣十分惡劣，小時候就經常欺負鎮上的其他孩子！

她的父親教導她醫術，也常常誇讚她的聰慧，以前從來沒有女人當過醫師！

她四十五歲了還能生下孩子，她最大的那個孩子今年都要結婚了！而且她連一根白頭髮也沒有！

她這麼大年紀了，好像從來沒得過什麼病，一點也不像老人家！

里安娜沉默地接受著外界的謠言，她已經不是那個年輕氣盛的少女了，她沒辦法對著所有亂講閒話的人用力吐口水。

伊利夫從來沒有責怪過她一句，但里安娜知道，自從那件事之後，人們出於對未知的恐懼，再也沒有人敢來他們家尋求醫治了。

里安娜思考了幾天，她看著自己偷偷去碼頭幹粗活賺錢的丈夫，看著自己為了謠言和未婚夫爭論眼眶通紅的大女兒，看著被其他孩子孤立而憤憤不平的二兒子，看著還在襁褓中，尚體會不到人世艱難的小兒子。

她最後下了決定，「我打算去山林裡隱居。」

伊利夫一開始拒絕了，但他沒辦法說服固執的里安娜，里安娜沉默地收拾好東西，她開口：「你們不必來看我，就當我已經死去了，雖然要照顧一整個家，你可能會很辛苦，但應該會比我在的時候更好一些。」

她沒有低調地離開，她故意要讓所有人看見，那個可怕詭異的女巫里安娜，已經離開了這個家。

她開始在山林隱居的日子，即使她說不要來看她，她的家人們偶爾也會悄悄過來。

大部分時候是她的大女兒來，二兒子偶爾被父親訓斥了也會過來，等三兒子稍微長大一點，二兒子也會拉著他一起過來，告訴他這裡住著母親。

大女兒結婚的時候，她和她的未婚夫，喔，不，現在是她的丈夫了，一起來到了這裡。

里安娜沒有為他們開門，但他們還是把一籃子物品放在了她簡陋的小木屋前，那名年輕人還低下頭認真道歉了，為了自己曾經相信過那些謠言。

大女兒告訴她，父親的診所已經一切如常，他開始嘗試教導二兒子醫術，但對方似乎對此興趣不大，讓他非常苦惱。

一切似乎都在朝好的地方發展。

里安娜隱居山林以後，她有更多時間研究父親擁有的那些醫術筆記。

偶爾她會悄悄拾取落進獵戶陷阱裡的受傷獵物，以牠們為材料試驗自己的想法，成功了就放走，失敗了就吃掉。

她很少會見到其他人，只偶爾會遇見幾個獵戶。

她並不知道，這也讓她的傳說更加可怖，她的長壽似乎也成了她是魔女的佐證。

里安娜五十歲那年，鎮子裡發生了瘟疫。

一開始里安娜並不知道，她只是發現最近上山的獵人變少了，直到她的女兒很久都沒有出現，她才意識到有什麼不對。

即使里安娜是個出色的醫師，她也沒有辦法在沒有近距離觀察病人的情況下製出解藥。

多方打聽之下，里安娜發現隔壁鎮也同樣被瘟疫籠罩，如果去隔壁鎮，或許就沒人能認出她了。如果能研製出解藥，至少能救她的家人，至於這座鎮上討厭的鎮民，也只是順便而已。

里安娜在隔壁鎮研製出了解藥，她託人快馬加鞭把解藥的配方帶給伊利夫，說是里安娜讓人帶給他的。等她處理完隔壁鎮的事情，回到這座小鎮的時候，瘟疫已經基本上被抑制了。

但等她回到自己的小屋裡，卻發現，她的小屋已經被人一把火燒了。

她很快發現了不對勁，屋內有人被燒死的痕跡，她能看出地面上隱約能看見黏糊的人形——那具焦屍一定是被人搬走了，但還是留下了一些痕跡。

里安娜沉默了片刻，她有些不祥的預感，她不斷告訴自己，她的孩子們從來不會進屋的，一定只是一個過路人，借她的木屋過一夜，結果遭遇了不測。

但即使她這麼想，她也忍不住問自己，那個過路人又做錯了什麼呢？她又做錯了什麼呢？

她終於決心去看一眼自己的家人，去問問他們，這到底是怎麼回事。

——她看見他們正在屋內舉行自己的葬禮。

他們應該是把那具焦屍當成自己，因此正在為她舉行葬禮，里安娜遮掩了面容，站在門口指指點點的人堆裡，聽著身邊的人竊竊私語。

「她終於死了……那火到底是誰放的？」

「不會是那些小混混吧？我記得他們說瘟疫是女巫帶來的，要去殺了女巫呢！」

「不是我要說，這或許有幾分道理，你看她一死，瘟疫就消失了……」

「這也多虧了伊利夫醫師發明了藥，可是他是不是有點失心瘋了？居然說這藥是女巫給他的。」

「哎，伊利夫醫師是個好人，可惜遇上了女巫……他們還想在教堂裡舉行葬禮，但是被神父拒絕了，真是的，怎麼可能在教堂裡為女巫舉行葬禮啊。」

「更可憐的是他的女兒，看見那具焦屍嚇得直接流產了，孩子都成型了，能看出是一個男孩呢，真是可憐……那個女巫到底害死過多少人啊。」

里安娜不可置信地瞪大了眼，她目光茫然地在人群中搜尋著自己的女兒，終於找到了靠在自己丈夫懷裡，臉色蒼白雙眼通紅的她。

里安娜有些不敢相信地想，她原本要當奶奶了，她陰差陽錯從這一場火災裡活了下來，但一個陌生的過路人因此喪命，她未曾謀面的孫子也因此喪命。

——她到底害死了多少人。

她站在人群中茫然無措，忽然人群小小起了騷動，她轉頭看見伊利夫——她那位不解風情的丈夫，已經年邁的醫師先生，懷抱著一束鮮豔的紅玫瑰，珍重地放在了「她」的靈柩上。

那是她這一生收到的唯一一束花。

里安娜的眼淚終於落了下來。

里安娜低頭看著手中的那束玫瑰，就好像是穿過時間，終於接到了伊利夫手中的那束玫瑰。

她其實到現在都不知道，伊利夫究竟有沒有愛過她，但她卻明白，自己在那些年的朝夕相伴裡，在少年堅定地看著她，表示「尊重」的時候，在伊利夫捧著那束花出現的時候，她確實真真切切地心動過。

安妮伏在里安娜的膝上，伸出手抱了她一下，祂低聲問：「後來呢？」

里安娜微微一笑，「後來，我就離開了家，一邊流浪一邊研習醫術。我開始探尋生與死的界限，在尋找資料的路上踏入了亡靈這一領域，我想……亡靈法師或許能和我好好交流。」

安妮點點頭，「我知道，您遇到了梅斯特，還問他願不願意成為自己的孫子。」

里安娜忍不住笑了，「對，我還是會對當年的事耿耿於懷，看到各種年紀的男孩都會想像，我的孫子到了這個年紀會是什麼樣子……

「啊，不過我覺得我的孫子應該會比梅斯特長得再高一點。」

安妮也忍不住笑了起來。

祂纏著里安娜講了一陣子梅斯特的笑話，還有里安娜在路上的見聞，總算是哄得她忘了剛剛流淚的事情。

沒過多久，里維斯和菲爾特也回來了，他先是把安妮從腦海中交待的甜豆遞給里安娜，然後欲言又止地坐到了安妮身邊。

安妮笑咪咪地餵里安娜吃甜豆，然後輕輕用肩膀撞了一下里維斯，笑著問：「買了什麼禮物給我？」

「咳。」里維斯清了清喉嚨，在里安娜和菲爾特的目光注視下忍不住紅了耳朵，「等等再給祢看。」

「喔——就是不給我看的意思。」里安娜笑道。

菲爾特也笑了，「反正我是看著他買的，我是已經知道了。」

眼看著里安娜又要鬧起小孩子脾氣，里維斯只好站起來，「那我們一起去看吧。」

「嗯？是不能拿過來的禮物嗎？」里安娜更加好奇了。

里維斯沒有回答，示意他們跟過來。

安妮跟著他，一起走出了修道院，然後穿過了金獅國王都繁華的街道，走到了城郊當初獅心騎士團家人們居住的一排紅房子那裡。

里維斯似乎稍稍有些不安，好像還在擔心自己的禮物會不會被喜歡。

「咳。」菲爾特面無表情地清了清喉嚨催促他。

里維斯深吸一口氣，指了指街角的一座紅頂房子，低聲說：「我在金獅國，買了一個我們的家。」

安妮愣了一下。

「哎呀、哎呀。」里安娜忍不住笑了，「這可真是個特別的禮物。」

開了一個頭，剩下的話就好說多了，里維斯帶著他們走進去。紅頂小屋和它的外表一樣平平無奇，雖然有兩層，但空間也並不充裕，看起來放不了多少東西就會變得擁擠的。

「雖然金獅國的王宮內總會有我們的房間，身為死神的祢也坐擁整個冥界，但我想……也許祢也會願意有一個屬於里維斯和安妮的家。」

雖然他也能買下王都內最豪華的莊園，但他想起當初來送徽章的時候，安妮看著這裡房子的眼神，總覺得祂或許會更喜歡這裡。

「前面這片小院子也是屬於我們的，我們可以在這裡種些花，這樣以後每天我都能為祢送一朵花……安妮？」

里維斯說著說著，發現安妮好像從剛才開始就沒什麼聲響了，祂盯著屋內的陳設，似乎正在發呆。

被他這麼一叫，才如夢初醒地抬起頭，祂露出笑容，「啊，我在考慮怎麼裝飾我們的小屋子！這裡，就在這裡最顯眼的地方，我要把里維斯畫給我的畫掛起來！」

里維斯愣了一下，很快他就反應過來安妮在說什麼，他耳朵通紅地抗議，

「不，等等，安妮！至少、至少掛進儲藏室裡……」

他追著安妮離開了屋子，菲爾特扶著里安娜慢悠悠地走在後面。

里安娜露出滿足的神情，「哎呀，真沒想到一把年紀了，居然還有機會參觀後輩的新屋。這可真是讓人高興，總覺得現在就去世也毫無遺憾了呢。」

「真是的，您在說什麼啊。」菲爾特面露無奈，「您還要長長久久地活下去。」

「那樣可就得搬家了，不然又會被人叫做什麼老怪物。」里安娜露出有些無奈的神情。

「不，現在也有新的說法了，您是——神眷者，死神的眷者，活得稍微久一點也不是什麼大不了的事吧？」

里安娜哈哈大笑。

「里安娜——」前面的安妮像個發現新大陸的孩子一樣蹦蹦跳跳，祂指著一個方向，「那裡有賣糖球，戈伯特在我小時候帶回來的那種！」

里安娜無奈地搖搖頭，「看看我們的死神，還是一名愛吃糖的孩子呢！」她語氣有些嗔怪，眼睛裡卻全是溫柔的笑意。

告別了里安娜和菲爾特之後，安妮好奇地問里維斯：「你好像一直在看菲爾特，怎麼了嗎？」

里維斯猶豫再三，最後還是告訴祂：「菲爾特告訴我，他有心儀的女性，但是我又擔心這傢伙會不會是心血來潮。」

安妮顯然也不怎麼信任菲爾特，「這傢伙有些時候格外輕浮啊，之前還調戲幸運之神呢。」

「不，他雖然說話有些……咳，但如果不是真心的，他是不會特地告訴我的。」里維斯的表情有些鄭重，「我倒是勸了他，讓他至少別在對方面前表現得那麼輕浮。但是……

「這傢伙一緊張起來就會變得更加浮誇，總感覺讓人放心不下。」

「告訴格林怎麼樣？讓他幫忙看著。」安妮提議。

里維斯嘆了口氣，「如果告訴格林，那個老派的傢伙可能就會直接邀請對方的父母商談以結婚為前提的交往了。偏偏尤莉卡出去遊歷大陸了，要是她還在就好了。」

「那麼只能希望他自求多福了。」安妮也無奈地聳了聳肩，「別擔心了，下次我們來的時候再問問他進度吧。」

里維斯憂心忡忡地點了點頭。

里安娜一直留在了修道院。

送走了修道院一批又一批的孩子，看著他們有人成為名聲大噪的冒險者，有人成為了不起的帝國騎士，也有人成了留下許多傳說的遊吟詩人。

她一點點蒼老，一天裡離開躺椅的時間越來越短，但她依然像個皺皺巴巴卻根系發達的老樹，頑強地活著。

但在菲爾特的關注下，也在她照顧的那些孩子的維護下，沒有人稱呼她為老怪物，所有人都說——

那是修道院的活化石，學識淵博又溫柔善良的里安娜奶奶。

在里安娜幾乎記不得自己多少歲的某個日子裡，她像是有預感一般，宛如重回青春，從躺椅上站起來，一個人走到修道院裡那顆大樹下。

她沒有回頭，溫和地開口：「你來送我嗎？菲爾特，老熟人裡面，似乎只有你還活著了。」

「拜託，里安娜，尤莉卡只是很少回家而已，她也還是一個健康的中年婦女呢。」即使已經是一家之主，菲爾特揶揄起自己的妹妹來也毫不留情。

里安娜哈哈大笑，她溫柔地撫摸著這顆大樹的樹幹，「我已經有一個墓碑了，也不必再要第二個了，菲爾特，把我葬在這棵大樹下吧，這樣我的孩子們從遠方回來的時候，我還能看看他們。」

她轉過身，緩緩靠著樹幹坐下來，有些驚訝地看著菲爾特手裡抱著的緋紅玫瑰花束，忍不住露出微笑，「真是的，還送玫瑰花給我，你的夫人不會吃醋嗎？」

「哦，我的夫人是世界上最溫柔可人的少女，她才不會對我有任何指責。」菲爾特驕傲地抬起頭。

「是嗎，可我不久前才聽說你因為喝酒被她提著劍罰站在王宮花園裡。」里安娜臉上帶著溫柔的笑，毫不溫柔地拆穿他。

「咳咳！」菲爾特掩飾尷尬般清了清喉嚨，「真是的，究竟是哪些多嘴多舌的傢伙！」

里安娜哈哈大笑，修道院起床的鐘聲響起，里安娜抬起頭，她驚訝地發現大門外前來的孩子們，大多數手中都捏著一朵玫瑰。

他們一眼看見坐在樹下的里安娜，立刻歡呼著朝她奔過來，將手裡的花遞給里安娜，七嘴八舌地大呼小叫：「里安娜，今天是什麼日子呀！」

「什麼？」里安娜小心地接過玫瑰，有些茫然地反問。

「今天一大早，我就在信箱裡看見了一封信和玫瑰！沒有寄信人，信上只寫了——今天是個重要的日子，請幫我把這朵玫瑰送給修道院的里安娜奶奶，萬分感謝。」

里安娜呆愣了片刻，她深吸一口氣，接過不斷遞過來的玫瑰。

後來她似乎是有些累了，也不再抬手，就微笑看著孩子們溫柔地將花別在她的鬢角，放在她的長裙上。

最後她在紅玫瑰的擁簇下閉上眼睛，帶著滿足的微笑。

她的靈魂脫離老邁的身軀，不再留戀地往前行走，巨大的畸形骷髏怪物守在冥界大門前，戈伯特笑道：「妳可真是活得夠久的啊，我的老朋友。」

里安娜哈哈大笑，「真是好久不見了，我的老朋友。」

戈伯特推開沉重的冥界大門，里安娜帶著溫和的笑容跨進去——死神站在門口等她，祂身後站著一眼看不見盡頭的亡靈們，他們手中捧著一朵朵鮮紅的玫瑰。

「歡迎妳，里安娜，看來妳得換一個地方睡午覺了。」安妮朝她伸出手。

「那得麻煩祢把我的寶貝躺椅搬來了。」里安娜伸手摸了摸祂的腦袋。

Getaway Guide for Necromancer

IN THE AFTER

7

【真正的騎士】

菲爾特帶著里維斯從修道院離開，留下安妮聽里安娜講故事。

雖然他嘴上說著要帶他去挑花，實際上卻帶著里維斯在王都內七拐八拐，看起來似乎在尋找什麼人的蹤跡。

里維斯疑惑地看著自己明顯有心事的哥哥，開口詢問：「菲爾特，你在找什麼人嗎？」

「什麼！」菲爾特顯然嚇了一跳，他驚疑不定地看向里維斯，似乎不太明白自己那個腦子似乎少了根筋的弟弟，怎麼突然善解人意起來了。

里維斯很容易就從他臉上讀到了這樣的訊息，他面無表情地開口：「你表現得太明顯了，哪怕我並不善解人意，也同樣看出來了。你不是說要教導我如何哄女孩開心嗎？」

菲爾特嘖嘖搖頭，「里維斯，你不覺得這個說法太過輕浮，女孩子是不會喜歡的嗎？首先，你要做的是轉換你的說辭，至少措辭不能這麼……」

里維斯硬邦邦地回應：「我覺得真誠或許比技巧更為重要。」

菲爾特恨鐵不成鋼地嘆了口氣，「每次看到你都能和心愛的女性在一起，我都會感嘆愛神的仁慈。好了，里維斯，今天我就讓你真正見識一下，有品位的紳士是怎樣虜獲淑女芳心的。」

「這聽起來不是什麼正經的活動。」里維斯並不買帳，「菲爾特，你重新回到獅心騎士團以後，有好好參加訓練嗎？你怎麼會這麼清閒？今天沒有訓練嗎？」

看到菲爾特明顯僵硬的表情，里維斯覺得自己問到了重點。

他眉頭緊皺，露出了不贊同的表情，「你又逃訓練了？」

「什麼叫又，你不能把我小時候的事也算到現在！」菲爾特抗議。

里維斯板起臉，「因為我小時候也從來沒有逃過訓練。」

菲爾特投降似地舉起了雙手，「拜託，里維斯，我又不是小孩子了，總讓你這麼教訓我我會很沒面子的。下次至少如果有別人在的時候，你可千萬別這麼說話。」

「現在可沒有其他人。」里維斯四處打量了一眼。

「但她們隨時可能回來！」菲爾特強調，他解釋道，「我沒有逃跑，我是正經八百請了假的。拜託，里維斯，我承認我和格林不一樣，不是那麼靠得住的傢伙，但我既然接過了這個職責，也不會隨便胡鬧的。我今天確實、確實有很重要的事情。」

一向遲鈍的里維斯今天居然難得敏銳，他認真思考了片刻，開口問：「和你要找的人有關？」

菲爾特長長嘆了口氣，一把勾住里維斯的肩膀，「說起來我們兩兄弟也好久沒有一起喝酒了吧，里維斯，怎麼樣，要不要久違地和哥哥一起去喝一杯？」

里維斯並不贊同這個提議：「就算你今天請假了，身為獅心騎士團的團長，也不應該大白天飲酒。」

「果汁！我請你喝甜甜的果汁行了吧！」菲爾特有些氣急敗壞。

里維斯卻依然沒有動搖，「我是一個亡靈，菲爾特，甜甜的果汁也只能你自己喝。」

菲爾特有些挫敗，「真是的，你聽不出來無論喝點酒還是喝果汁都是我想和你說點心裡話的隱喻嗎？」

里維斯的表情有些困惑，「那你為什麼不直接說？」

菲爾特沉默了半晌，最後垮下肩膀地搖了搖頭，「我也想直接一點，唉，里維斯，我現在真的很苦惱。」

里維斯沒有接話，安靜地等他把話接著說下去。

菲爾特嘀咕了一句：「每當這個時候我就想抱怨，父親母親為什麼沒有多生一個妹妹？這種硬邦邦的弟弟連安慰的話都不會說一句。」

里維斯有些不耐煩地雙手環胸，「如果是尤莉卡在這裡，她只會拿法杖敲你，然後問你是不是被人糊了嘴才會說話這麼吞吞吐吐。」

菲爾特摸了摸下巴，「……好吧，你說得也沒錯。真可惜，看來我們一家沒有人繼承了母親的溫柔品格。」

在自己沒有可愛的弟弟妹妹這件事上認命之後，菲爾特拉著里維斯去廣場的長椅上坐下了。

他愁眉苦臉地開口，望眼欲穿地看了看城郊的方向，「我們在這裡說，這樣也不會錯過她們回來的時候。」

「她們？」里維斯抓到了關鍵字。

「就是她們。」菲爾特似乎還有點不好意思，有些含糊不清地開口，「尤莉卡離開前，格林按照傳統，授予她騎士徽章。而一度停擺的血薔薇女騎士團，也重新開始了活動。」

菲爾特露出了微笑，「我們暫時蒙塵的女騎士們，再次取回她們的榮耀，我說的就是她們。」

里維斯想起了漢娜，那位暫時去做治安官的女騎士，他認真地點點頭，「這是好事。」

「咳。」菲爾特清了清喉嚨，「但尤莉卡很快就去遊歷大陸了，沒有公主在，王室不表露一些支持的話，她們會遇到很多麻煩的。所以我偶爾也會安排獅心騎士團和她們定期協助訓練，咳，當然啦，也有那群血氣方剛年輕人起鬨的原因。」

里維斯一臉瞭然地看向菲爾特，「那麼，你看上了誰？」

「你就不能換個正經點的說法。」菲爾特嘀咕了一句，但他還是老實回答，「她叫希林娜，咳，我已經悄悄打聽過了，是霍根家的小女兒，雖然不是什麼大貴族，但我們並不在乎這些。」

「是的，家世不是問題。」里維斯贊同地點點頭，「最大的問題，是對方會不會看上你。」

菲爾特不滿地強調：「你也該對你的哥哥有點信心！」

里維斯沉默地上上下下打量了他一遍，菲爾特下意識挺起了胸膛，只聽見里維斯有些遺憾地開口：「如果一切都很順利，你就不會這副模樣了。」

菲爾特也沒打算在里維斯面前裝腔作勢，他嘆了口氣，憂鬱地撐著自己的下巴，如實承認：「里維斯，我好像是單相思。我拜託漢娜女士幫我詢問那個孩子對我的想法了，她說……」

菲爾特的表情有些沉重，里維斯忍不住追問：「怎麼了？」

菲爾特捂住了臉，「她說，『菲爾特殿下也太輕浮了！怎、怎麼可以隨便就那樣說話！』，嗚……」

里維斯面無表情道：「你倒也不必連語氣和停頓都模仿。」

菲爾特痛苦地抬起頭，「可是漢娜女士就是這麼模仿給我聽的！那個語氣和停頓，一聽就是她本人說的話啊！」

「唉。」里維斯無奈地搖搖頭，「我說，那麼你試著做一點改變怎麼樣，真誠一點和她交流，把那些花言巧語丟到一邊。」

「我知道，我正在嘗試。」菲爾特的表情嚴肅，「漢娜今天要帶新團員們進行第一次實戰狩獵，我打算等在她們回來的必經之路上，真誠、不做作地展示我的關心！」

里維斯點了點頭贊同他的計畫，並表示：「如果不請假出來的話就更好了。她是一位怎樣的人？」

給了他機會描述自己喜歡的女性，里維斯原本以為他會侃侃而談，沒想到他居然久違地為難起來，只露出一張傻笑的臉，「就、就特別好。」

里維斯沉默了下來。

「怎麼了，里維斯？」菲爾特抓了抓頭。

里維斯皺緊了眉頭，「我正在反思，自己平時有沒有在安妮面前露出過這種上不了檯面的模樣。」

菲爾特憤怒地握了握拳頭，如果不是看在他不會痛的份上，他可能就已經揍上去了。

他斟酌著詞句開口：「她是一名很堅強的女孩，不用我多說，你也明白，參加血薔薇騎士團的女孩大部分都十分堅強。但她同樣也很溫柔，笑起來會讓人覺得心情寧靜……啊，就是那種堅強又溫柔的植物般的感覺。」

里維斯嘆了口氣，「菲爾特，我想並不是因為她的笑容能讓人寧靜你才喜歡她。應該是你喜歡她，才會覺得她的笑容能讓人寧靜。」

「……好像也有道理。」菲爾特點點頭認同了他這個看法。

「里維斯。」菲爾特忽然正經八百地轉過了頭，「連你都能得到安妮的喜歡，沒道理我會孤獨到老吧？」

里維斯沉默地站了起來。

「等等！喔，不！我親愛的弟弟，你要去哪裡！」菲爾特驚慌地拉住了他的劍鞘，「你不能把你為情所困的哥哥一個人丟在這裡！」

里維斯面無表情地掰開他的手，「你得一個人面對，總不能指望我去替你開口，我還得去買禮物給安妮。」

菲爾特控訴：「我看透了、我看透了！你眼裡只有安妮根本沒有哥哥！」

「確實。」里維斯爽快地承認，走出兩步後，他回過頭對菲爾特說，「放輕鬆點菲爾特，如果她真的不喜歡你，你也可以一個人輕鬆點孤獨到老，我相信你一個人也能過得很精彩的。」

「滾！」菲爾特氣得幾乎跳起來。

「菲爾特殿下？」

俐落的女聲在身後響起，菲爾特的臉色稍微有一絲僵硬，他緩緩地轉過身，看見身後站著英姿颯爽的女騎士們。

出聲的是漢娜，她有些困惑地看著里維斯消失的街角，「您剛剛在跟誰說話？」

菲爾特有些僵硬地轉移了話題，「啊、不，沒什麼。」

他的視線第一時間就被希林娜吸引了，對方看起來似乎經歷了一場戰鬥，臉頰上居然還沾著點泥土，但她眼神明亮，看起來鬥志昂揚。

不少女騎士因為自己並不整潔的模樣稍微有點不好意思，但希林娜依然優雅且落落大方地站在那裡。

菲爾特忍不住放柔了表情，他清了清喉嚨，「看來今天諸位的收穫不錯？對了，妳們的馬……」

「我們可不能在內城縱馬。」漢娜爽朗地笑了。

她們堅持把血薔薇騎士團的團長名號永遠留給尤莉卡，而平時，漢娜作為副團長帶著她們進行訓練，也就像她們的大姐姐一樣。

「對了，您怎麼會在這裡？獅心騎士團今天沒有訓練嗎？」漢娜好奇地詢問。

菲爾特心說不妙，果然希林娜已經微不可見地皺了皺眉頭。

菲爾特立刻飛速回答：「咳，我今天請了假，修道院有些事情。」

這其實也是藉口，他其實是特地到這裡來的，修道院那邊，反而是順便的，只是沒想到居然還真的遇見了里維斯和安妮。

這是血薔薇騎士團恢復活動後的第一次訓練，希林娜是剛剛才加入的新成員，儘管有漢娜帶領，但菲爾特還是忍不住胡思亂想地操心，他當然也有試圖提議讓獅心騎士團一起參加，但漢娜拒絕了。

漢娜爽朗地表示她們並不是前去郊遊的淑女，也並不打算接受騎士們的庇護。

菲爾特其實也沒打算小瞧她們，他只是忍不住操心，也想在喜歡的女孩面前多露臉，但他總是把事情搞砸。

比如第一次見面的時候熱情地讚美了希林娜小姐的美貌，似乎讓對方留下了輕浮的壞印象。比如試圖在他們的狩獵活動裡插一腳，如果希林娜小姐知道，多半也會覺得菲爾特骨子裡看不起女騎士，是個大男子主義的傢伙。

他總是選錯了方式，也許確實應該像里維斯說的那樣……真誠一點。

菲爾特抿了抿唇，他看向希林娜，試著抹去那些浮誇的辭藻，只是像朋友那樣詢問：「希林娜小姐，今天的收穫怎麼樣？」

希林娜有些意外，但她還是禮貌地笑著回應：「菲爾特閣下，我什麼都沒有獵到，但是這一趟依然很開心，我學到了很多。」

菲爾特也忍不住跟著她笑了起來，「是嗎？那就很好了，不要著急，慢慢來。實戰狩獵是一件很有意思的事，即使只是騎在馬上狂奔，也會讓人感覺格外自由。」

希林娜眨了眨眼，她沒有再回話，但也沒有像往常一樣躲避他的目光，她認真把話聽到最後，然後微微笑了一下，朝他行了個禮，轉頭和自己的同伴交談起來。

儘管她參加了血薔薇騎士團，這在貴族小姐中算是相當離經叛道，但又依然保持著骨子裡的矜持優雅。

菲爾特忍不住有些雀躍，這似乎是一個不小的進步，似乎有些作用。

大概是他的目光太過明顯，漢娜忍不住清了清喉嚨提醒，她露出笑意，「好了，菲爾特殿下，我的女孩們要各自回去收拾一下了，晚點我們有一個聚會，抱歉，但不太適合讓你參加。」

她說話相當直接，菲爾特也只能聳聳肩，「我明白，我也不會那麼不識趣地非要參加淑女間的集會。」

「但夜晚你可以偶然順路送她回家。」漢娜低聲在他耳邊說，然後憐憫地拍了拍他的肩膀，露出一副「我也盡力了」的表情。

這大概還是看在里維斯的面子上。

菲爾特雖然很感激她的提議，但還是不太明白，為什麼這些人都對自己的戀情這麼悲觀。

他搖搖頭目送她們離去，正好碰見里維斯也從街角出現，他有些意外，「你已經買好了？不需要我幫忙看一下嗎？」

里維斯顯然也有些意外，「你已經說完了？就這麼短？」

「她們還有正事要做！」菲爾特板著臉試圖為自己挽回一點顏面，沒錯，對淑女來說梳妝打扮也是正事！

里維斯沒在意這些，「我要回去了，你要回去嗎？」

菲爾特點點頭，「你買了什麼？」

「房子。」

菲爾特有些不可置信，「房子？里維斯，你怎麼能這麼庸俗，你以為安妮是那種會喜歡豪宅的女性？」

「不是豪宅。」里維斯解釋，「就是獅心騎士團的家人們住的那一帶，紅頂房子，附花園的。」

菲爾特有些懷疑，「不是豪宅？安妮會喜歡嗎？」

「應該會吧？」里維斯也不是很確信，但他還是露出笑容，「但祂路過那裡的時候，誇過那裡的房子很漂亮。」

而且，他記得在命運神的鏡子裡看過，安妮曾經也是在這樣的房子裡降生的。

菲爾特沉默了下來。

「怎麼了？」里維斯奇怪地看他。

「沒什麼，只是覺得你好像也不用我太擔心，你也是會討女孩喜歡的。」菲爾特表示讚許，「把女孩隨口說過的事情記在心上，對方會很高興的。」

里維斯挑了挑眉毛，「你既然這麼了解，自己也試試不就好了。」

菲爾特悲憤地表示：「但是我沒有機會！我甚至還沒有跟希林娜小姐單獨說過話！每次不是有血薔薇的女騎士們在，就是有獅心騎士團的臭小子們在。」

「啊，要是尤莉卡還在的話，好歹還可以讓尤莉卡出面邀請人家喝下午茶，現在……」菲爾特憂愁地嘆了口氣，開始胡攪蠻纏，「里維斯，你穿上裙子去邀請希林娜來喝下午茶吧。」

「你可以找格林。」里維斯毫不猶豫地拒絕。

菲爾特摸著下巴，「有道理，格林至少頭髮比較長。」

里維斯眼神像在看個白痴，「我是說你可以找格林邀請他們一家會晤，要求帶上家屬不就好了？大部分貴族都會抓住這個在國王面前露臉的機會吧。」

「我只是開個玩笑。」菲爾特板著臉回應，但很快他又有了新的擔心，「但如果他們認為是格林對希林娜有意思怎麼辦？格林也還沒有成婚呢！」

「而且仔細一想，說不定格林那種穩重的類型，真的是希林娜喜歡的……」

里維斯沉默地看了他片刻，最後還是選擇搖搖頭，「祝你好運吧，菲爾特。」

菲爾特沉默下來。

里維斯這麼說，彷彿就是放棄了他的意思。

到了夜晚，菲爾特估算差不多到了女騎士們聚會結束的時間，但他很快發現了一件更為重要的事——他根本不知道她們在哪裡聚會。

唯一的線索就是希林娜會回家，那麼至少不是在她家。

菲爾特苦惱地抓了抓頭髮，最後還是決定出去碰碰運氣。

血薔薇騎士團的聚會結束以後，希林娜走在回家的路上。

她喝了一點點果酒，因此臉上染上了一點緋紅，不過她還是忍不住有些雀躍，即使天色已經暗了下來，但她握住了手邊的劍柄，依然覺得毫無畏懼——畢竟她已經是個女騎士了。

她往前邁了一步，忽然街道邊的草叢裡似乎一閃而過一道黑影。

「呀！」希林娜有些害怕地往後退了一步，她抿了抿唇，小聲詢問，「有人在那裡嗎？」

沒有人回答。

應該是多心了，希林娜嘆了口氣，雖然藉著酒勁拒絕漢娜小姐的護送，但走這麼黑的夜路，她果然還是有點害怕的。

忽然，夜空中似乎傳來了低低的樂聲。

希林娜專注地聽了片刻，有些意外這麼晚了還會有人在吹口琴，而且聽聲音傳來的方向，似乎就在她回去的那段路上。

明白前面有人在，希林娜稍微鼓起了勇氣，半夜在外演奏樂曲的傢伙，應該不會是什麼窮凶極惡的壞人吧？

她小心地朝樂聲傳來的方向走去。

希林娜有些意外地看著那個隨意坐在街道邊，吹奏口琴的青年，居然是菲爾特。

「菲爾特殿下，您怎麼會在這裡？」希林娜抿了抿唇，她並不遲鈍，也感覺到了這位王子殿下頻繁的示好，只是……

她並不喜歡太過輕浮的人，而且菲爾特王子的風評實在是說不上太好。他在王都內追逐淑女裙襬的傳言幾乎都可以出一本書，希林娜甚至擔心，如果自己真的給予回應，他轉頭就會尋找新的獵物。

但今晚他在月光的照耀下，也不知道是不是因為處在這樣的氣氛中，他看起來似乎也沒有那麼不可靠了。

菲爾特原本是打算隨口扯個巧遇的謊，但他想起了里維斯的建議，於是稍微沉默了一下之後，開口說：「我是專程來等您的，希林娜小姐。」

「您怎麼會知道我在這裡呢？」希林娜忍不住追問。

菲爾特笑道：「是猜測加一些運氣。

「淑女的聚會不會太晚結束，我想這個時候已經差不多了。另外，漢娜女士告訴我可以送您回家，我想如果距離稍遠，您應該會選擇坐馬車前往，所以地點不會距離霍根家太遠。

「而血薔薇騎士團中也有不少平民女性，漢娜女士也不會選擇太昂貴的地點聚餐，我想，或許就在城郊那一片……這樣就能圈定一個大概的方向，剩下的，只能看我的運氣了。

「我選擇了一條主幹道，為了防止夜色深重您看漏了我，所以吹奏了曲子，看來今夜我確實被幸運女神眷顧。」

「不，不只是幸運，您很聰明。」希林娜大概今夜才是第一次認真打量這個傳聞中並不如他的兩個兄弟出色的第二王子，她低聲問，「如果您沒有等到我，您會怎麼辦呢？」

菲爾特苦澀地笑了笑，「那麼今夜我只能頹然回家。請不用擔心，我不會越界，我就站在這裡，和您拉開一定距離，在見到您回家以後，我會立刻離開的。」

希林娜盯著他看了片刻，抿了抿唇行了一禮，「非常感謝您。」

她邁步走在了前面。

菲爾特果然就如他所言，安靜地跟在她身後，偶爾希林娜回頭看的時候，他就露出溫和的笑意。

希林娜似乎有些想開口，在第三次彷若不經意地回眸之後，她低聲說：「您不必站得那麼遠的，我、我並沒有把您當作壞人。」

菲爾特低聲笑了，「我明白，但我也不希望別人誤會我們這麼晚還在約會，畢竟我的名聲也不怎麼好聽。」

希林娜眨了眨眼，認可了這個說法。

兩人沉默地一前一後走了片刻，希林娜再次開口：「菲爾特閣下，您是一個很聰明的人，如果您願意肩負起獅心騎士團的責任，那些不實的傳聞應該很快就會消失不見的。」

菲爾特認真思考了一下，他鄭重地點頭，「如果這是您的期許，我會努力的。」

「什麼？」希林娜嚇了一跳，「不，我可沒有……」

菲爾特露出笑意，「希林娜小姐，我並不會立刻要求您的回應。但如果成為負責人的獅心騎士團長，哪怕能讓您對我有一點點改觀，我也會努力去做的。」

希林娜抿著唇看他，忽然抬起下巴，「菲爾特殿下，我可以把這當作騎士之間的承諾嗎？」

「什麼？」菲爾特有些意外。

希林娜努力不讓自己顯得有些不好意思，「我的要求可是很嚴格的，如果、如果您還是沒什麼改變的話，我可是不會心軟的！而且，就算您努力成長為了不起的騎士，我、我也並不能保證會愛上您……

「但至少您在我眼中會是位值得尊敬的騎士。」

菲爾特忍不住笑了，「那麼，我似乎看到了一點希望，希林娜小姐，不，騎士希林娜，這是我們之間的約定。

「我會努力成為讓妳刮目相看的騎士，希望也能有機會……讓我學習如何成為您的丈夫。」

「菲爾特殿下！」希林娜漲紅了臉，「您又來了！」

「咦？這也太過火了嗎？」菲爾特茫然地瞪大了眼睛。

Getaway Guide for Necromancer

In the After

8

【美食冒險】

尤莉卡離家之前，前往了王宮內的歷史之廊。

在三位哥哥和死神安妮的注視下，她接受了真正的騎士祝福禮——在此之前，她的血薔薇騎士團，幾乎是她鬧脾氣搞出來的，並沒有受到真正的認可。

「儘管妳的劍術並不能說完全到達了騎士團的水準，但我認可妳所擁有的騎士精神。」即使在這種時候，格林殿下依然一本正經，「祝福妳，我的妹妹，令人尊敬的騎士尤莉卡小姐。」

尤莉卡露出笑容，「除此之外，我還是一個了不起的大法師，哥哥，別擺出那麼一副擔心的嘴臉了，我沒問題的。」

自從哥哥們都回到了家，尤莉卡就輕鬆多了，說話的語氣也輕快了不少，似乎又變回了那個活潑開朗的公主殿下。

然而一切也不會像是完全沒有發生過，她的嗓音依然沙啞。

儘管平時和妹妹鬥嘴都成了日常，菲爾特還是稍微有點擔心，「妳真的打算出去冒險？就算留下來也不過就是聽些閒話而已，按照妳的個性也不會在意的，妳只會往說閒話的人臉上糊一個火球。」

「別擔心，到時候我也會幫妳的。」

尤莉卡挑了挑眉毛，「我和某個沒臉沒皮的傢伙可不一樣，我內心依然是個纖細的淑女，而且也不是為了這些……

「從小時候聽著老師故事裡的那些傳聞以來，我就一直嚮往著當一個冒險者了，只不過我明白自己的公主身分，我不能當一個自由的冒險者。而且那時候已經有一個菲爾特吵著鬧著要出去冒險、做遊吟詩人了，我才不想顯得和菲爾特一樣呢，所以才從來沒有說過。

「你們就當我是藉此機會，丟掉公主的包袱，出去遊歷一番吧！別擔心啦，我身後不僅有整個金獅王國，還有了不起的神明當我的後盾呢！」

她笑了，顯得興致勃勃又信心十足，幾個哥哥面面相覷，最終還是點了點頭。

「遊歷大陸確實是一件開心的事，也許還會遇見一些朋友，但不要忘記，尤莉卡，妳隨時可以回家。」里維斯放棄了說服她，溫柔地露出笑容。

安妮看了他一眼，清了清喉嚨，把自己準備的禮物遞給尤莉卡。

——那是一根法杖，參考了里維斯的意見，從豐收之神那裡要來了最硬的木材做成了短杖，頂端的紅寶石還接受了火神的祝福，如果在人間，這大概是能稱得上聖物等級的東西了。

為了不讓它顯得太過名貴而引來爭端，安妮還讓工匠之神稍微把它做得不起眼了一點。

尤莉卡一眼就看出了這根法杖蘊藏了多少精純的火元素，她欣喜地接過，立刻用順手的方式揮動了兩下，毫不吝嗇地誇讚道：「這正是我目前最需要的！之前那根短杖雖然也很好，但為了符合王室的身分裝飾得太過華麗了！出去冒險的話，果然還是這樣的最好了吧！」

看她十分喜歡，安妮有些得意地朝里維斯擠了擠眼睛，里維斯有些無奈地笑了，伸手摸摸祂的腦袋，低聲誇讚：「真了不起。」

「喂，在值得尊敬的歷史之廊裡不許這樣卿卿我我的！」菲爾特憤憤不平地盯著兩人抗議。

「菲爾特。」尤莉卡忽然叫了他一聲，用一種很難說明的慈愛眼神看著他，「我離開以後你可不能這麼胡鬧了，可別把我好不容易幫你扭轉回來的名聲再搞砸了。」

菲爾特瞇了瞇眼睛，握緊了拳頭看起來蠢蠢欲動，「……妳是故意在激怒我嗎，尤莉卡？我之前的名聲再差，好歹也沒有傳出過，什麼在王宮內藏了一個平民少女的胡鬧傳聞！

「我還沒有質問妳呢，尤莉卡，妳究竟是睡在誰的房間裡了！」

尤莉卡：「咳。」

安妮：「咳。」

里維斯：「咳咳咳！」

菲爾特狐疑地看著他們，「你們都怎麼了？突然集體喉嚨不舒服嗎？」

「這件事，是我不對，你就不要過問了。」尤莉卡沉痛地低下頭。

「有這麼難以開口嗎？」菲爾特瞇起了眼睛，「尤莉卡，不會真的是妳對某個平民女孩……」

尤莉卡舉起了手中的短杖，冷笑一聲，「你是故意想要試試火神賜福的法杖的威力嗎，菲爾特？」

菲爾特立刻裝作若無其事地扭回頭，抱怨般看向安妮，「尊敬的死神冕下，我也想要禮物，尤莉卡她仗著有您的寵愛就欺負我！」

這一瞬間安妮覺得自己的地位似乎得到了短暫的提升，簡直就像是能夠主持公道的一家之主。

里維斯抬了抬眼，替她解決了這個問題，他簡潔明瞭地說：「閉嘴，菲爾特。」

菲爾特憂鬱地把頭扭到一邊，「喔，不僅我的妹妹這麼對我，連我的弟弟也這樣無情地對待他的哥哥。也對，畢竟他是真正的死神眷屬，而我又……」

格林也十分無奈地搖搖頭，無視菲爾特的碎碎念下了總結，「我以為至少在這種離別的時刻，會是溫馨悲傷的氣氛。」

尤莉卡笑了，她似乎迫不及待要踏上自己的旅程了，小步往歷史之廊外面跑了兩步，她回過頭笑道：「不用悲傷，我還會回來看看的，就算我不回來，也會託人送新年禮物來給大家。」

「快走吧，妳這個討厭的小丫頭!帶著我大度的祝福，滾去看看這廣闊的世界吧。」菲爾特哼了一聲，擺出一副極其嫌棄的表情。

然而他們誰也沒有離開，都靜靜地站在這裡，直到看不見尤莉卡的身影。

菲爾特忍不住露出了酸溜溜的表情，他轉頭羨慕地嘆了口氣，「真好啊，我也想出去冒險，但願尤莉卡會玩得很開心。」

「在操心別人之前，我得提醒你，你今天上午缺席的訓練還得補。」格林面無表情地提醒他。

「什麼！」菲爾特氣得差點跳起來，「我這不是為了尤莉卡才忍痛沒參加訓練嗎?為什麼還要補！」

「既然是忍痛沒參加，那麼你應該很高興能補上訓練吧?」里維斯也跟著附和，眼裡一閃而過一絲笑意，「我們好像很久沒有一起訓練了，菲爾特，要不要久違地進行一場切磋?」

「不要！」菲爾特毫不猶豫地拒絕，一邊不動聲色地往門邊移動，一邊抗議，「你已經是不死族了，不會累也不會痛，里維斯，和人類一起訓練你不覺得自己就像在欺負人一樣嗎？」

「菲爾特……」格林話還沒有說完，菲爾特就離弦箭一般朝著門口衝了出去。

「……歷史之廊內不允許奔跑。」格林板著臉說完這句話，最後還是無奈地搖了搖頭。

離開王宮的尤莉卡找到了等在門口的海涅——這位腦袋有點缺根筋的海妖，在聽說尤莉卡要在大陸上進行冒險後，吵著鬧著也要一起參加。

他在來到金獅國王都後，一直是尤莉卡負責接待他，雖然兩個人時常話題差了十萬八千里，但居然也相處得不錯。

雖然尤莉卡覺得，在海涅眼裡，冒險或許直接和各地美食掛鉤，但堂堂金獅國公主也不至於負擔不起他的伙食費。況且，雖然是在哥哥們面前放了大話，但真要一個人出門旅行，尤莉卡也稍稍有些緊張。

有這麼一個雖然傻呼呼，但十分強大的同伴，也是一件好事嘛。

尤莉卡逐漸走近海涅，他現在保持著人類的模樣，只是身側有難以遮掩的鱗片。

他正襟危坐在一匹馬上——來到金獅國，除了美食意外，海涅最大的收穫，或許是學會了怎麼騎馬。

尤莉卡走到海涅身邊，正打算和他打個招呼，就聽見他一邊撫摸著身下的馬匹一邊低聲念著：「腿肉緊實，肚肉肥美，脖肉也不錯。」

「海涅，不可以吃坐騎喔。」尤莉卡板起臉，不自覺換上了對付小朋友的語氣。

海涅似乎才反應過來尤莉卡已經來了，他笑道：「妳來了！走吧，快點走，我們還趕得上在下一個地方吃午餐！」

尤莉卡稍稍有些無奈，但她還是覺得一個優秀的冒險小隊隊長應該聽取隊員的意見，於是笑道：「好吧，那麼你想到哪裡吃午餐？你對我們的下一個目的地有想法了嗎？」

海涅的表情有些茫然，但很快他就撐著下巴給出了答案，「去我沒吃過的地方！」

「……」尤莉卡覺得以後當獨裁者好像也不壞。

「咳，既然如此我們就先去冒險者協會，接一個任務吧？既然是冒險者，那一定就是哪裡有任務，我們就往哪裡走！」

尤莉卡自顧自下了決定，海涅對此完全沒有任何意見，乖乖地跟在她的身後。

尤莉卡一邊不放心似地再次和他重申了一遍注意事項，「最重要的一點你還記得吧？海涅，吃東西要付錢。」

海涅乖巧地點了點頭，「但我沒有錢，我能先找海邊撈點海貨換錢嗎？我看臨海城有人就是這麼做的。」

「這樣也行。」尤莉卡點了點頭，但她也拍了拍胸脯保證，「但這次是我們一起冒險，別擔心，我會替你付錢的！」

「明白了，總之，就是要吃什麼都要叫妳付錢！」海涅認真地點了點頭，看起來十分高興。

雖然覺得好像有哪裡不對，但她還是點了點頭，能讓海涅理解到這個程度，已經相當了不起了。

尤莉卡稍微遮住了半張臉。

雖然自從豐收慶典上表演完那幕歌舞以後，堅信她沒有死亡的說法愈演愈烈，甚至有人在公開場合對菲爾特進行詢問。

菲爾特給出了十分模稜兩可的回答，他只說：「現在的菲爾特是真正的菲爾特。」

這樣的話讓臣民們有了更多浪漫的猜想，即使現在尤莉卡突然冒出來，宣稱自己再次復活，想來他們也會熱淚盈眶地表示接受故事走向了最美好的結局。

但尤莉卡並不想這麼做。

她是在國民的祝福下誕生的公主，她享受著所有人的寵愛和尊敬，那麼在災難來臨之時，為了保護這個國家，她理所應當要付出努力。

儘管付出了很多的代價，但破壞了那位命運神的計畫，守護住了這個國家，尤莉卡也相當為自己感到驕傲。

她並不是非要做公主不可，也不是只有身為公主的時候才打算保護這個國家，她不過是暫時換一個身分，從公主尤莉卡變成法師尤莉卡而已，就像不久之後，格林王子會變成格林陛下，無論身分如何變化，他們都依然會保護這裡。

尤莉卡充滿信心地握緊了自己的法杖，動作優雅地下馬，率先掀開了冒險者公會的門簾，然後差點一頭撞到了迎面來人的身上。

尤莉卡動作幅度有些大力，猛地後退，因此差點直接摔在地上，而她身後的海涅半點沒有要扶她一把的意思，只露出了爽朗的笑容，「怎麼了尤莉卡，妳怎麼也不會走路了？」

「……」如果在這裡的是菲爾特，尤莉卡的法杖肯定直接就敲上去了，但他是海涅，為了和臨海城保持良好的外交關係，而且海涅還算得上是格林的救命恩人。

在內心這麼說服了自己一遍，尤莉卡站了起來，先對著眼前的冒險者道了歉，「抱歉，先生，是我太著急了。」

說完她轉頭看向還待在馬背上的海涅，「你該下來了，我們得先去選一個委託。」

「我聞過了，這裡面一點食物的味道都沒有。」海涅坐在馬背上紋絲不動，尤莉卡看他摸著馬頸的動作，總懷疑他還在惦記著吃掉這個坐騎。

「除了找吃的以外，我們也得做點別的事情。」尤莉卡有種自己是帶著一個不聽話的孩子的錯覺。

聽里維斯說，他似乎已經活了好幾百歲了？

「好吧。」海涅顯然並不太能理解這種行為，海洋中的生物們大多沒有多少娛樂方式，他們每天要做的事情就是捕獵，以確保自己能找到足夠的食物。

身為海洋中的頂尖捕獵者，海妖擁有極其旺盛的生命力，也同樣擁有極其旺盛的食欲。

因此在他知道人類只需要花那麼點時間在覓食上，都覺得相當不可思議，他一邊動作笨拙地下了馬，一邊忍不住嘀咕：「你們人類真的吃那麼點東西就夠了嗎？」

差點撞到尤莉卡的那個冒險者，聽到這句話，臉色有些奇怪地把視線投了過來。

——他在打量海涅。

意識到這一點，尤莉卡稍微有點緊張，因為海涅肉眼可見地和人類有些不同，雖然自從臨海城成立以來，晴海部族就聯合發布了禁止奴隸貿易、禁止買賣海妖的禁令，但這種傳說中的生物還是對不少人有著致命的吸引力，很難保證沒有人會鋌而走險。

尤莉卡已經提高了警覺，她捏緊了手裡的法杖，但凡這個冒險者敢有任何輕舉妄動，她就會毫不留情地將一發火球砸到對方臉上。

那位冒險者上上下下地打量了海涅一遍，隨後有些高興地上來搭話，「您好，這位先生……您看起來很特別。」

海涅奇怪地看了他一眼，但他還記得老祭司的交待——被別人認出來了就是無可奈何，但如果沒認出來，就假裝自己是個人類。

於是耳邊側鱗還沒有完全隱去，走路有點搖搖晃晃的海涅理直氣壯地開口：「不，我是一條普通的人類！」

尤莉卡痛苦地捂住了眼睛。

那位冒險者顯然也沒想到海涅會這麼輕易地暴露自己，呆愣了好一段時間，他才抓了抓頭自我介紹道：「我是吉爾瑪，在這裡也算是小有名氣的冒險者，我剛剛接了一個委託，正要去尋找同伴，如果你們感興趣的話，要不要和我一起來？」

「什麼樣的任務？」尤莉卡的警惕還沒有完全消除，但這也不妨礙她聽聽對方的說法，畢竟這也不吃虧。

「一個救援任務，拯救一個精靈。」吉爾瑪稍微聳了聳肩，似乎有些無奈，「就在城郊的狩獵場，有一個精靈踩中了人類的陷阱，他受傷了，但不肯讓人類接近。

「我想請這位特殊種族的小哥過去試試，萬一就成功了呢，這個任務的報酬可豐盛了！怎麼樣，如果成功了，報酬我們可以分三份！」

海涅強調了一句：「我是一條……」

「夠了海涅。」尤莉卡深深地嘆了一口氣，「首先，我們人類不會用『條』來描述自己，甚至我們很少會用『人類』自稱。一般來說，我們也只會用身分代稱，比如我是一位騎士，或者我是一位冒險者這樣。」

海涅似乎理解了，他點點頭，糾正了自己剛剛的說法，「先生，我是一位……食客！」

海涅為自己幫自己找到最合適的形容詞而驕傲地抬起了頭。

尤莉卡面無表情地拍了拍手，「真了不起，你都學會這個詞了。」

海涅高興地露出了笑容。

吉爾瑪呆愣片刻，才揚了揚手中的羊皮紙，「那個，你們去不去啊？」

「去！」尤莉卡用力地點了點頭。

當然她並不是對豐厚的報酬感興趣，但有一位精靈在金獅國王都的城郊受傷，這件事她沒辦法置之不理，即使沒有報酬，她也得想辦法前去救援！

吉爾瑪鬆了一口氣，他露出真心的笑容，「這可真是太好了，我還在想如果我找不到非人類的同伴，就要硬著頭皮自己上了。啊，順便一問，小哥，你是哪個種族的？」

海涅：「我是一位食客。」

吉爾瑪無語了。

精靈被困的森林並不是很遠，就在金獅國王都近郊，這和尤莉卡的計畫稍微有些出入，但她並沒有覺得為難，意外情況也是冒險旅行的意義嘛！

三人一起趕路的途中，不可避免地進行了一些交流，尤莉卡發現這個叫做「吉爾瑪」的傢伙是個實力尚可的戰士，另外品行也還算不錯，他似乎也有出遠門進行旅行的計畫。

尤莉卡認真考慮著，她是一名法師，肯定是最適合拉開距離戰鬥，海涅倒是皮糙肉厚能防能打，但問題是他在陸地上走路一著急就會雙腿打架……如果能再招募一個優秀的騎士或戰士，他們這個小隊就相當完整了！

想到這裡，尤莉卡不由得多打量了吉爾瑪幾眼，她打算觀察一下之後吉爾瑪在救援行動中的表現，如果真的可以，那麼就他也不錯，畢竟是她的冒險之路上第一次組隊的隊友，也算是特殊的緣分！

王都近郊的狩獵場看樣子並沒有多少人在，這也正常，畢竟現在早就已經過了狩獵的季節。

尤莉卡開口詢問：「吉爾瑪，那位精靈的狀態還好嗎？我突然想起來，我們或許應該先帶些食物和藥品的，這樣即使他不願意接受我們的救助，我們也能將東西留給他。」

「您可真是一位溫柔的小姐，但如果不救助他完成任務，我們就沒辦法拿到報酬，買食物和藥品的錢就等於白白扔掉了。」吉爾瑪聳了聳肩，顯然是並不贊同這個做法。

尤莉卡微不可見地皺了皺眉頭，在心底把和他成為隊友這個選擇劃去，雖然她能理解大部分冒險者資金拮据，但這樣毫不把別人的性命放在心上的說法，依然讓她有些不快。

海涅轉頭看了眼尤莉卡，指了指自己，然後露出了笑容。

尤莉卡思索了片刻，才確認這應該是「有我在，沒問題」的意思，畢竟他是個海妖，他的血就是世界上最好的藥品。

尤莉卡也忍不住笑了，不過如果對方受的傷並不重，那就不必海涅出手了。

尤莉卡再次開口，她依然保持著禮貌，只是口氣疏遠了很多，「吉爾瑪先生，我們快到了嗎？」

「就是這裡了。」吉爾瑪突然露出了笑容，他轉過身張開雙手，「好了，精靈，現身吧！」

尤莉卡忽然感覺到了什麼不對，她猛地轉身看見身後走出了一胖一瘦兩個男人。

瘦子笑著說：「你要找的，是我這個瘦精靈呢？」

胖子十分默契地接話，「還是我這個胖精靈呢？」

兩人說完，似乎覺得十分好笑，忍不住捧著肚子哈哈笑了起來。

吉爾瑪也跟著露出微笑，「好了，我們天真善良的貴族小姐，和這位不知道什麼種族的傻子先生，把你們身上所有值錢的東西都交出來吧，不然這兩位可憐的精靈就要因為沒錢買酒喝，而渴死了！」

他們的笑聲在這片樹林裡迴盪。

「我們被騙了。」海涅環視周圍，確信地點頭，「精靈不長這樣，安妮說精靈傳聞中和海妖一樣美貌，他們比我差遠了。」

——你居然是這樣發現的嗎？

尤莉卡相當無言，但轉念一想，她和海涅同時被騙，似乎誰也好不到哪裡去。

她嘆了一口氣，手裡的法杖蠢蠢欲動，「沒想到第一個領教這支法杖威力的，居然是你們幾個小流氓……感到榮幸吧，蠢貨！」

就在尤莉卡準備動手的那一刻，有人大喊了一聲：「住手！你們打算對這位淑女做什麼！」

尤莉卡的動作頓了頓，一個火球也就沒有扔出去，她有些疑惑地看著這位站出來的熱心騎士，對方看起來像是個貴族，相貌俊朗但一身正氣，他穿著一身考究的騎士服，端坐在一匹俊秀的白馬上。

尤莉卡默默拉了拉自己的衣襬，糟糕，這正好是她喜歡的類型！

利用精靈做圈套的三人並不畏懼，他們獰笑道：「不過是個文文弱弱的貴族少爺而已，多管閒事的話，可是會遭天譴的。」

「哼！」馬背上的貴族冷哼一聲，他握住了腰間的細劍，尤莉卡剛想幫忙，卻看見他已經動作俐落地翻身下馬，迅捷如風又不失優雅地揮舞細劍，讓那群口吐狂言的傢伙們一個個嚎叫著倒在了地上。

「呀！」尤莉卡掩著唇驚呼出聲。

在這樣英俊的貴族青年面前，她也不由自主拿出王室公主的做派。

海涅奇怪地看著突然做作起來的尤莉卡，轉頭看向那個帶著微笑接近的貴族青年，他困惑地皺了皺眉頭，「他們不是一伙的嗎？」

貴族青年似乎稍稍感到不悅，「先生，我自然不會和這樣的流氓是一伙的。」

「請不要介意。」尤莉卡優雅行禮，「他……呃，不是很懂得人類的禮儀。」

貴族青年很快露出了溫和的笑意，「在這樣美麗淑女的溫柔請求下，無論什麼我都不會介意的。不過，這幾個傢伙，我想還是處理一下比較好。」

正打算偷偷逃跑的吉爾瑪再次被盯住，他忍不住打了一個冷顫，哭喪著臉說：「不、不，饒了我們吧，兩位大人！」

海涅：「是三位，你是不是不會數數？」

尤莉卡面帶微笑，無視了海涅的抗議，她看向倒在地上的吉爾瑪等人，

「起來，我要讓冒險者協會取消你們的名字，然後把你們交給王城治安官！金獅國的王都居然還有你們這種敗類，真是……」

「在那之前，先打一頓吧！」海涅躍躍欲試，剛剛因為動作慢了半拍，他都還沒有湊上打架的熱鬧。

「等一下！」眼看著海涅已經舉起了拳頭，倒在地上的吉爾瑪忽然大聲叫嚷起來，「我招，尤莉卡殿下，我什麼都告訴您，請不要再打了！」

尤莉卡的表情有些茫然，「啊，可是我並沒有要問你什麼……等一下，我並沒有告訴你我的名字，你為什麼會知道我是誰？」

她似乎終於察覺到一絲不對。

吉爾瑪抓了抓頭，「我、我是格林陛下派來的……」

尤莉卡握緊了拳頭，聲音不由自主地拔高，「你最好想清楚汙衊金獅國君王的下場！」

「也沒有這麼嚴重啊！」吉爾瑪嘀咕了一聲，他真誠地開口，「真的，一般我們如果想騙人，也不會用精靈這種藉口啊，這個騙局完全是格林陛下準備的。」

「那麼你倒是說說，我的哥哥費盡心機騙我，是為了做什麼？」尤莉卡顯然還是有點不相信，如果說是菲爾特搞的惡作劇她還會稍微相信，但格林是從來不會做這種事情的！

「格林陛下說，如果您沒有被騙，那麼我什麼都不必說，就讓您離開就可以了。」吉爾瑪小心地看著她的臉色，生怕又挨打，「如果您真的上當了，就讓我們奚落您以後，再講三個道理給您聽。」

他苦著臉，有些沒想到他們還來不及開始奚落，就被不知道哪裡來的貴族攬了好事。

「什麼道理？」尤莉卡已經相信了三分，但她還是板著臉，努力維持著不怎麼在乎的表情。

吉爾瑪忽然坐了起來清了清喉嚨，他板起臉的樣子居然學得有三分像格林，他放低了聲音說：「第一，拯救精靈這種任務出現在冒險者公會就不合理，且不論這件事裡有多少漏洞，接受任務都必須要去冒險者公會前臺確認，這是非常重要的一點。」

尤莉卡不由得挺直了脊背，拿出挨訓的乖孩子姿態，從他模仿的表現來看，這絕對是格林親自說的沒錯！

吉爾瑪接著往下說：「第二，不要相信太過巧合的事，正巧需要非人類的幫助就遇到了你們，這種事尤其不要相信。

「第三，不要讓別人看出妳的善良，這只會成為有心之人的籌碼。成為冒險者之後，『體面』反而是最不重要的特質，有時候足夠讓人看不穿，才是最好的保護手段。」

尤莉卡聽到了最後沒有打斷，稍微靜下心來，她就意識到，格林並不是想要騙自己作為消遣，他確實是相當擔心她。

尤莉卡沉默片刻之後，用力地點了點頭，「你回去告訴哥哥，這些我都記住了，之後，我不會再犯這些錯了，我會成為了不起的冒險家回來的！」

吉爾瑪抓了抓頭，不確定地問：「那麼，您不打算教訓我了嗎？」

尤莉卡驕傲地抬起頭，「本公主才不是這種小心眼的人呢！」

「公主？」剛剛一直沉默的貴族青年突然開口。

尤莉卡卡了殼，糟糕，剛剛只顧著想哥哥的事情，忘了這裡還有個不相干的傢伙在了！

海涅嘆了口氣，「怎麼樣都好啦，我們還能趕上在下一個城鎮吃午餐嗎？」

貴族青年困惑地看著尤莉卡，但他很快露出了體貼的笑容，「抱歉，我不該追問的，每個淑女都會擁有自己的祕密，對嗎？」

尤莉卡露出感激的笑容，不過這種紳士在金獅國王都也很少見呢，長得完全符合她的喜好，就連性格也和她想像中的一模一樣。

等一下，尤莉卡剛剛轉過身，突然想起了格林交待她的第二點。

——不要相信太巧合的事情。

尤莉卡瞇了瞇眼，忽然轉頭對著貴族青年說：「菲爾特找到你，應該花了不少工夫吧。」

「什、什麼？」對方顯然嚇了一跳，他有一瞬間的慌亂，然後勉強露出笑容，「我並不知道您在說什麼，這位淑女……」

尤莉卡從他的反應確認了大半，她冷笑一聲，「看來菲爾特沒有教導過你，我和他鬥智鬥勇多年，在關於他的直覺上相當準確。」

「說吧，他又打算教我什麼？」

貴族青年沉默片刻，他默默往後退了一步，「那麼，在我說出口前，希望您能先給我一個保證。」

尤莉卡挑了挑眉毛。

貴族青年吞了吞口水，「希望您能保證，不會像揍他們一樣揍我。」

尤莉卡露出禮貌的微笑，「當然啦，我保證，我以金獅國王女的身分起誓，絕不會對您使用暴力的，這位不知名的先生。」

對方乾笑了兩聲，更加確信不能告訴她真實姓名，他清了清喉嚨，「菲爾特殿下說，如果您真的被我欺騙，顯露出對我迷戀的樣子，他讓我對您說——尤莉卡，妳看男人的眼光還有得進步呢！」

尤莉卡的指節喀喀作響，如果不是這根法杖是豐收之神認證的硬木，恐怕現在就要不堪重負地折斷了。

尤莉卡面帶微笑，「還有呢？他不會沒考慮我沒上鉤的情況吧？」

貴族青年又吞了吞口水，「這個、他說可能性不大……但是也考慮了！他讓我說——算妳還有點警惕心，給我記住，尤莉卡，在外冒險要先把遇見的男人都當成壞人！絕不能一開始就把人想得太好了！」

尤莉卡抿了抿唇，稍稍還有些感動，然後她就聽見那個貴族青年接著說：「……不過以妳的姿色也不用太擔心，只要妳不露富，應該不會有人特地來騙妳的。」

尤莉卡：「……」

貴族青年現在十分後悔自己沒有跟著剛剛的幾個傢伙一起逃跑，他警覺地往後退了兩步，看見尤莉卡對著自己露出了笑容，「請不用害怕，尊敬的先生，我已經承諾過不會對您使用暴力了。」

貴族青年還來不及鬆口氣，尤莉卡就看向了海涅，「拜託你了，海涅。」

海涅眼帶憐憫地朝他走過去，「抱歉啦，雖然我也不知道為什麼要打你，但是她請我吃了好多飯，我還欠她很多錢。」

貴族青年面露驚恐，「不，等等，你為什麼要脫褲子！」

「因為會把褲子撐壞的。」海涅理所當然地回答，然後瀟灑地把褲子一甩，凌空變成魚尾，尾巴猛地拍地，如同炮彈一樣朝著貴族青年飛射出去！

「啊！」一聲慘叫響徹樹林。

尤莉卡是個信守承諾的人，她答應過這位青年不對他使用暴力，就絕不會自己親自出手。

氣鼓鼓地離開狩獵場，尤莉卡越想越氣。

一方面是氣憤哥哥們表面上說不會干涉自己出門旅行，暗地裡卻搞小動作，另一方面也是生氣自己居然真的中招了。

海涅在她身後重新穿上褲子，蹦蹦跳跳地跟了上來，「我們接下來去哪？」

尤莉卡撇了撇嘴，「去下一個小鎮，領取我們真正的第一個任務。是我大意了，金獅國王都的冒險者協會，一定遍布菲爾特和格林的耳目，下一個小鎮應該會好一些……」

海涅雖然不知道她在嘀咕些什麼，但他來人間這麼久，也學會了許多社交技巧，比如這種聽不太懂，他也不是很想聽懂的時候，只要露出一副「原來如此」的表情順便點點頭，對方就會默認你已經了解了。

尤莉卡走著走著，忽然猛地抬起頭胡亂張望。

海涅也學著她的樣子抬起頭，「怎麼了？」

尤莉卡心有餘悸地握緊了法杖，「啊，我就是在想，格林和菲爾特的陷阱都出現了，里維斯不會也準備了吧？雖然里維斯一般也不會跟他們同流合汙，但……

「但他從小就很崇拜格林，如果格林這麼做了，說不定他也會學的！」

「嗯……」海涅覺得憑自己的腦袋可能想不出什麼解決辦法，他的心神已經不由自主地飄向了下一個城鎮的餐館，也不知道那裡會有什麼好吃的。

尤莉卡瞇起眼，「我們詐一下他。」

「嗯？」海涅繼續敷衍著，他想在金獅國已經吃了夠多的烤肉了，下一個地方也許應該嘗嘗別的，比如菲爾特說的大人才能喝的「酒」，他已經活了幾百歲了，雖然不是人，但應該算得上是個大海妖了！

尤莉卡忽然插腰大喊：「里維斯，別躲了，我已經看見你了！

「我知道你在這裡，有什麼要跟我說的，你就直接說好了！別用這種拐彎抹角的方式了！」

她露出一副信心十足的表情，雙手插腰等在狩獵場門口，然而四周只有風聲和蟲鳴。

海涅被她突然的大喊嚇了一跳，有些茫然地抬起頭四處打量，「妳在哪裡看見他們了？」

尤莉卡有點心虛地隨便指了一個方向，「就、就在那裡啊！我剛剛明明看見了！」

「嗯？」海涅露出困惑的表情，「但我沒有我聞到附近有屍體的味道。」

「喂，就算里維斯變成了不死族，你這麼說話也太失禮了！」尤莉卡不客氣地伸手打了打海涅的腦袋，她氣鼓鼓地說，「里維斯身上才不會有什麼奇怪的味道呢！」

海涅張了張嘴，最後放棄了反駁，「好吧，我還是搞不清楚人類對『禮貌』的概念，真的好複雜啊。」

尤莉卡不怎麼優雅地伸了個懶腰，有些惆悵地說：「託哥哥們的福，我還沒有走出王城大門，就覺得未來會遇見很多很多難題了，也許冒險也是一件很複雜的事情。」

海涅用力拍了拍尤莉卡的肩膀，「沒問題的！」

尤莉卡被他拍得差點跌下馬，她勉強撐著馬這才沒讓自己摔下去，忍不住咬了咬牙，「海涅，雖然很感謝你安慰我，但我不得不提醒你，我，身為一個身、體、柔、弱的人類，根本禁不起你那麼拍！」

「妳多吃點飯吧。」海涅用一種擔心的眼神看著她，「妳哥哥明明就很結實。」

尤莉卡：「……」

兩個人吵吵嚷嚷地朝著王城大門走去，就在他們踏出大門的一瞬間，尤莉卡忽然汗毛直立，她根本來不及動作，就看見自己脖子上橫了一柄劍。

——是里維斯。

他沒搞什麼花樣，自己親身上陣了。

尤莉卡深吸了一口氣，「好吧，我親愛的哥哥，你又有什麼指教呢？」

里維斯抬起眼，「從你們在王宮外碰面開始，我一直跟在妳身後，不超過五十公尺距離，妳從來沒有發現我。」

「我發現了，我之前在樹林裡還叫你了！」尤莉卡底氣不足地反駁。

里維斯收回了劍，微笑著戳穿了自己妹妹的謊言，「但是妳的方向完全指錯了，喊話的方向也並不是我躲藏的方向。」

「好啦，她還知道詐你，已經挺小心的啦。」安妮從他身後閃出來，露出微笑開始打圓場。

尤莉卡有點委屈地扁了扁嘴，一頭撲進安妮的懷裡，帶著哭腔說：「安妮，妳看他們！我只是要出門冒險而已，他們一個個都趁機欺負我！」

海涅震驚於她說哭就能哭，這控水能力簡直就和能呼風喚雨的海妖一樣優秀，看來尤莉卡不僅是一位優秀的火系法師，或許在水系魔法上也很有天賦。

安妮伸手摟住她，一邊拍著後背，一邊朝著里維斯做了個「我就說她會生氣」的口型。

里維斯有些手足無措，他抓了抓腦袋，小聲說：「但是這對她來說確實是很有用的技巧，她至少得知道怎麼注意到被跟蹤……」

「嗚！」尤莉卡抽噎得更大聲了。

安妮對里維斯做了一個噤聲的手勢，正打算開口安慰一下尤莉卡的時候，海涅的肚子響亮地叫了一聲。

「咕——」

在場所有人的目光都集中到了海涅的肚子上。

海涅驕傲地仰起頭，「沒事，妳還能哭一下，我是一個成年海妖，肚子餓可以再忍一下！」

尤莉卡沉默片刻，她妥協般嘆了口氣，「好吧，作為冒險小隊的隊長，我可不能讓我的同伴因為我餓肚子。哥哥，你的反跟蹤技巧是什麼？說完我就要帶著海涅去吃飯了。」

里維斯看了看她，忽然露出了無奈的微笑，「抱歉，尤莉卡，我們一直把妳當成小孩子。現在我知道了，尤莉卡已經是一名會為同伴著想的……可以獨當一面的騎士了。」

尤莉卡笑道：「不過在冒險經驗方面還差了點，對吧。」

海涅不明所以地看著他們之間的氣氛突然柔和，轉頭問安妮：「他們怎麼又突然和好了？」

安妮慈祥地看了看他的肚子，「是你爭氣。」

海涅不知道她是什麼意思，但這也不妨礙他驕傲地抬起頭，「嗯！」

告別了里維斯和安妮，海涅與尤莉卡終於踏上了自己的冒險道路。

然而誰也沒想到，他們居然迷失在從王城去往下一個城鎮的路上。

海涅已經餓得前胸貼後背，他用力吞了吞口水，拉著尤莉卡說：「找一片水源，只要有水源，我就能找到吃的……」

尤莉卡緊張地撐著看起來有些虛弱的海涅，「你真的沒問題嗎？有什麼我能幫忙的嗎？」

海涅眼帶希望地抬起頭，「我能把馬吃了嗎？」

尤莉卡：「……我覺得你還能堅持一下。」

海涅垮下臉，閉上眼感知空氣中水元素更為集中的地方，他帶著尤莉卡走向一個方向，「這裡。」

尤莉卡捏著手裡已經變得皺皺巴巴的地圖，「我覺得這似乎離我們的目的地越來越遠了。」

海涅似乎已經聽到了近在咫尺的流水聲，他沒有回頭往前奔去，「只有先吃了東西才有力氣趕路！沒關係，只要讓我吃飽了，多遠我們都能找回去的！」

尤莉卡想說，其實也並不一定非要原路返回，如果能找到新路，去往其他的冒險者協會，她也完全能夠接受。

但問題是他們連既定路線都找不到，更別說開闢新的道路了。

原本想著在這片樹林裡也許能找到人問路，但走了這麼久居然一個人影也沒有見到。

尤莉卡更加憂鬱地嘆了口氣。

她只能跟在海涅身後，朝著附近的水源地跑去，至少他們得先找到食物。

海涅撥開草叢，大喊一聲：「找到了，水源！」

「慢一點，海涅，森林的水源處很有可能會有其他人……」她的話說到一半戛然而止，因為她確實看到了一大群人正在海涅找到的水源邊歇息。

——從他們手裡拿著的武器，凶惡的面孔，已經齊齊看過來的不懷好意的視線，尤莉卡覺得他們應該不是什麼好人。

「喂，小鬼，你們是什麼人？」為首的獨眼男子握住了手邊的刀，他饒有興味地打量著尤莉卡和海涅，「居然有人敢進入我們的領地，是看不起我們山賊團嗎？」

「該不會是哪裡來的迷路的孩子吧，哈哈！」

「喂，我在問你們話！」

海涅根本無視了他們，他眼裡只有那一片閃耀的湖泊，以及湖泊下游動的小魚，他眼睛發光快步朝著湖泊奔了過去。

「小心點，海涅！」尤莉卡從來沒有一下子面對過這麼多敵人，不由得有些緊張，她看到海涅這麼魯莽地衝出了出去，下意識握緊了法杖。

對面的山賊們刷地抽出了武器，他們也沒有跟海涅客氣，迎上去就要攻擊。

然而眼裡只有食物的海涅拔腿就跑，雙手提住褲子，朝著清澈的湖泊縱身一躍，在半空中把褲子一甩，嘩啦一聲躍進了湖泊裡。

尤莉卡抽空還遮了遮眼睛，她抗議：「海涅，不要在女孩子面前隨便脫褲子啊！」

尤莉卡覺得自己和海涅距離成熟的冒險家還有很長的道路，但至少武力方面，應該沒什麼太大的問題了。

尤莉卡看著地上東倒西歪一片的山賊，以及打著飽嗝甩著尾巴找褲子的海涅想。

Getaway Guide for Necromancer

IN THE AFTER

9

【最後的驚喜】

安妮覺得里維斯最近有點不對勁。

他最近常常出門，似乎有什麼事要辦，安妮習慣了身後一步處總是有他在，一時之間居然還有點不習慣。

仔細想想，自從安妮離開黑塔，在永夜之森撿到他以後，他們就再也沒有長時間地分開過了。

安妮撐著下巴，蹲在冥界的臺階上，目光沒有焦距地看著底下的骷髏群眾們熱火朝天地打造建築。

——這是最近冥界接下的工作。

神明們神力無邊，但很多需要人手的事反而不是那麼好做，活人無法穿越世界，說起來居然只有死神的骷髏們是最適合的勞動力。

這些事安妮都交給戈伯特了，反正神界要打造什麼建築，大多要和工匠之神商量，而戈伯特和工匠之神走得那麼近，他們商量起來也更合適。

這麼一想，整個冥界，居然還是祂死神最閒。

安妮幽幽地嘆了口氣，轉頭看向了陪在自己身邊的里安娜，她身前蘿蔔頭般由低到高排了一列小骷髏，雛鳥般依偎在她腳邊。

注意到安妮的視線，里安娜微笑著回過頭，「怎麼了，安妮？」

「沒什麼……」安妮下意識不好意思地掩飾，但祂眨了眨眼，還是忍不住開口，「里安娜，妳知道里維斯去做什麼了嗎？」

「嗯？他出門的時候，祢沒有問他嗎？」里安娜好奇地看過來，似乎有些意外。

安妮摸了摸鼻子，「沒有……一般他有事要離開的話，都會自己告訴我理由的，但這次他沒有說，我、我就沒問。」

「哎呀、哎呀。」里安娜溫和地笑了，「我記得小時候，我們小安妮是個坦率又直接的撒嬌鬼，長大以後居然靦腆起來了？」

「里安娜！」安妮有點氣急敗壞。

「哈哈哈！」里安娜笑了起來，「真是的，這有什麼好遮遮掩掩的，把喜歡的人放在心上，又不是什麼值得害羞的事情。等一下他出現時，祢再問問他不就好了。」

確實也是這個道理。

安妮點了點頭，儘管知道不是什麼大不了的事，祂還是有點憂鬱。雖然無論里維斯去了哪裡，只要祂悄悄讀一下腦內訊息就什麼都知道了，但安妮還是覺得，這樣不太尊重對方。

「唉。」安妮再次嘆了一口氣，倒在了里安娜身上，撒嬌似地說，「里安娜，我好無聊喔。」

里安娜笑著摸了摸祂的腦袋，表情有些無奈，「怎麼了，他不是只離開了片刻而已嗎？」

「不。」安妮睜開眼睛，表情嚴肅，「不一樣的，我有一種直覺，他可能暗地裡在盤算著什麼。」

里安娜哭笑不得，「是嗎？那他會盤算什麼壞事嗎？」

「這個是不會啦，畢竟我們里維斯是個正直的騎士！」安妮點著頭表示放心，隨後又撇了撇嘴嘀咕，「但是我就是超好奇，這傢伙今天早上跟我說要出去一趟的時候都不敢看我的眼睛，一定是在盤算什麼！

「不行，我得去找點線索！」

「安妮。」里安娜無奈地看祂，「好吧，祢打算去哪裡打聽？」

「先打聽一下他的行蹤，不，先去問問菲爾特知不知道里維斯在打算什麼！」安妮一拍手，「雖然他們在一起偶爾會鬥嘴，但畢竟是兄弟，很多大事都喜歡湊在一起商量！

「里安娜，我去一趟王都，如果里維斯回來問我，妳就說我去人間玩了！」

安妮一頭鑽進傳送門裡消失不見，格林有些無奈地搖搖頭，他看向里安娜，「我也是里維斯的兄弟，安妮為什麼不問問我？」

里安娜哈哈大笑，「祂可是死神，沒有亡靈能在祂面前說謊，如果問你，那就算作弊了。別看祂一副好奇到受不了的樣子，小安妮其實也是樂在其中的。」

格林有些無奈地搖搖頭，「我之前就說了，里維斯那個不會說謊的傢伙，用這個計畫肯定會露出馬腳的，現在只能希望菲爾特能夠嘴巴嚴一點了。」

「那個孩子啊！」里安娜露出了為難的表情，「可能有點困難。」

金獅國王都，菲爾特親王府邸前，一個身穿黑色斗篷的黑髮少女突然出現，新來的侍女並不認識祂，但也沒有輕視，態度溫和地說她去請管家過來，讓祂稍等片刻。

安妮站在門外打量著菲爾特的家，祂很少特地來這裡，因此倒也不算特別熟悉。

雖然祂也可以直接傳送到菲爾特眼前，但祂也不想嚇到其他人，而且來到人間，即使是神明，也還是按照人間的規矩行事比較好。

管家很快便出來了，這位跟了菲爾特許久的老人稍微知道一些祕辛，儘管並不清楚這是涉及到神明領域的祕密，但他還是知道眼前這位少女是一名了不起的大法師，是金獅國尊貴的客人。

他姿態優雅地請安妮進來，將祂帶去了花園中——菲爾特正在和他的夫人希林娜女士一起共享下午茶。

希林娜夫人看見安妮，略微起身行禮，「貴安，安妮小姐。」她是真正知道祕密的人，畢竟金獅國王室貫徹「對夫人沒有祕密」原則。

安妮笑了一聲，「貴安，菲爾特，這麼美好的下午茶時間，那兩個小傢伙不在嗎？」

菲爾特哈哈大笑，他已經是中年人了，只是歲月似乎對他格外寬容，他看起來依然年輕英俊，只是更顯沉穩內斂。

「女神冕下，您好久沒來了，我那兩個孩子都已經不算是小傢伙了，一個已經是金獅國的新王，另一個也已經能夠帶領金獅騎士團大出風頭啦！」

安妮稍稍愣住，祂似乎沒想到時間一轉就過去這麼久，露出稍微有些歉意的笑容，「是嗎？那可真是我疏忽了，看來下次我得準備些大人的禮物送給他們了。」

「哈哈！」菲爾特似乎想起了什麼好笑的事情，「您上次送給威爾遜的小東西，我拿給他的時候他那副表情，真是讓我永生難忘，哈哈哈！我可是好久沒看見那個裝模作樣的臭小子，露出那麼氣急敗壞的臉色了！

「父親，我已經不是小孩子了！您怎麼還拿這種東西給我！」

他惟妙惟肖地模仿著自己兒子說話，眼帶微笑的希林娜夫人毫不猶豫地抬手敲在了他的後頸上。

「咳！」菲爾特差點嗆到，趕緊收斂笑意。

「真是失禮，我們都還沒請女神坐下呢，總不能一直站著說話。」希林娜夫人臉上帶著溫和的笑意，她優雅地請安妮坐下，為祂倒上散發著馥郁芬芳的紅茶，有些好奇地詢問，「抱歉，菲爾特這傢伙上了年紀，就有些嘮叨，您這次來是有什麼事情嗎？」

「希林娜！」菲爾特似乎有些委屈，「我還年輕著呢！還能去獵一頭熊當作禮物送給妳！」

安妮笑了，祂並不介意菲爾特這樣的嘮叨，這是和冥界不同的，是每次都會有變化的人界中特有的歡樂。

下定決心打聽里維斯在做什麼以後，安妮反而並不著急了，祂先品嘗了希林娜女士的紅茶，隨即感嘆道：「即使已經不用進食，但每次來到人間都會感慨作為人的快樂。」

「那當然啦。」曾經放棄了命運神神格的菲爾特露出得意的笑容，「我一定是預見了作為人類的將來，會有希林娜在等我，所以才放棄了神格的！」

「菲爾特閣下！真是的，不、不要在神明面前講這麼不知羞恥的話！」

希林娜夫人不好意思地紅透了臉，她有些不安地瞥了安妮一眼，小聲地說，「再胡說八道，你就給我去花園裡罰站。」

菲爾特配合著她低聲說道：「哦，親愛的，我都這麼大年紀了，還罰站會被孩子們取笑的！」

希林娜板著臉毫不留情，「你可以趁孩子們不在家的時候站。」

「……」安妮端在手裡的紅茶，它突然就不香了。

希林娜夫人忍不住露出了歉意的笑容，「抱歉，我又被菲爾特牽著走了，您這次來是為了什麼？」

菲爾特率先接過話，「也不一定有什麼事，也許安妮就是想我們了過來看看，畢竟神界可沒有這麼繁華的景象。要嘗嘗神界沒有的小點心嗎，女神冕下？」

安妮挑了挑眉毛，一臉瞭然地看向菲爾特，「菲爾特，你好像在轉移話題。」

菲爾特笑容一僵，「什麼？轉移什麼話題？怎麼會呢？」

聽著他過分心虛的三連問，安妮瞇了瞇眼，更加確信自己的猜測，「是嗎？可是自從我出現，你到現在都沒有提起過里維斯，或者說，你特地避開了跟里維斯相關的話題。」

「明明我跟里維斯不一起出現的時間相當少吧？」

「啊！」菲爾特有些心虛地看向了其他的地方，「我只是不關心那個臭小子去了哪裡而已。」

希林娜夫人忍不住坐直了身體，認真地聽安妮說話，露出了相當尊敬的神情。

安妮笑道：「是嗎？可你一向對大多數事情都很好奇。我想更合理的說法是，你知道他去了哪裡，甚至還想幫他掩蓋祕密，對嗎？」

「是的。」菲爾特收斂了玩笑般的神情，他深吸一口氣，「既然祢已經知道了，那我也不再掩飾了。

「安妮，我確實知道里維斯去做什麼了，是這樣的魔土那邊有一條傳說中的魔龍要出世了，舉國上下我們根本不是對手，里維斯認為自己作為神靈的眷者本不該插手，但是他不能捨棄自己的國家所以他……」

安妮面無表情道：「喔。」

菲爾特還在聲情並茂地講述著現編的故事，「請不要責怪他，安妮，這樣之後即使其他神明責怪，至少祢是不知情的！」

安妮撐著下巴，「喔，但我有一件事要提醒你，菲爾特。這裡是我的世界，如果出現接近神明力量的魔龍，我會是第一個發現的。」

菲爾特僵在座位上。

氣氛短暫地僵硬了片刻，菲爾特哈哈大笑，「哎呀，真是的，您早說嘛，既然這樣我就不說這種一戳就破的謊話了，真是的！」

希林娜夫人迫不得已陪著他露出了僵硬的微笑，「啊哈哈……」

安妮露出笑容，也跟著笑了兩聲：「哈哈。」

菲爾特深吸一口氣，神情凝重，「抱歉了，安妮閣下，我確實知道，但我絕對不會說的！絕對不會！」

安妮瞇起眼，看著他一副寧死不屈的模樣，也覺得有些好笑。

祂搖搖頭，「好吧，我也不會為難你，但是你總得給我一點提示吧，菲爾特。」

菲爾特皺緊了眉頭，「唉，可是您實在是太聰明了，哪怕我剛剛什麼都沒說，您也找到了線索……提示的話，啊，對了，提示就是尤莉卡也回來了！」

「咦？」安妮有些意外，尤莉卡這些年一直在大陸上遊歷，她組建的冒險小隊，也成為了聞名大陸的知名隊伍。

一開始所有人都認為，尤莉卡出門冒險只是一時新鮮，她很快就會回到王都，恢復公主的身分，但她居然真的和海涅一起闖出了名頭，擁有了可靠的同伴。

這些年，她時常送回一些奇奇怪怪的東西，但卻極少回到王都，這次居然連她都回來了。

安妮靈光一閃，「那麼，海涅應該和她一起回來了？」

菲爾特點了點頭，「是的，不僅如此，還有她的冒險小隊隊員，都一起來了。我已經見過了，有一位精靈遊俠、魔族戰士，甚至還有一個亡靈法師！」

「看來這些年，魔法師協會的推動進展得很順利啊。」安妮露出了欣慰的笑容，不再把某種元素當作邪惡的代表，那麼亡靈法師的悲劇也會少很多吧，祂站起身，「那麼，我就去找尤莉卡和海涅問問了，畢竟打探情報，還是要從好騙的傢伙下手。」

菲爾特眨了眨眼，露出真誠的笑容，「祝您好運。」

只是一眨眼，安妮就消失在了花園裡，希林娜夫人有些擔心地問：「菲爾特，真的沒問題嗎？海涅先生他，確實……」

「別擔心，希林娜。」菲爾特露出了幸災樂禍的笑容，「如果海涅說漏嘴了，那也是尤莉卡的問題，里維斯又不會來找我的麻煩，嘿嘿！」

希林娜夫人：「……」

安妮找到了尤莉卡，他們一行人住在了王宮內，安妮出現的時候，他們正聚在一起攤開了世界地圖，盤算著下一次要去哪裡進行大冒險。

魔族戰士的聲音嗡嗡作響，「我還是想去翡翠之森，據說那裡曾經發生過神戰！不知道會留下什麼樣的痕跡。」

「就算你去了也沒辦法靠近世界之樹的。」精靈遊俠理智地開口，「族內雖然比之前開放多了，但對於風評不好的魔族還是並不歡迎。」

尤莉卡笑道：「不然我們看了之後，出來講給你聽？」

魔族戰士鬱悶地摸了摸腦袋，「那還是免了。」

海涅好奇地問：「精靈族有什麼好吃的？」

魔族戰士搶答：「你看看他的食譜不就知道了，基本都是素的！」

海涅立刻皺起眉頭，「不去，去吃肉！」

眼看著他們吵吵嚷嚷地就要打起來，尤莉卡沒什麼公主風度地靠在椅子上笑。

安妮打量著她，她沒有再留長髮，一直保持著短髮的模樣，笑起來格外英姿颯爽，與曾經的她很不一樣，但也好像沒什麼不一樣。

安妮露出溫和的笑意，人類可真是擁有無限可能的生物。

祂饒有興致地聽了片刻他們的談話，這才輕輕敲了敲窗戶，屋內所有人同一時間握住了手邊的武器。

安妮讚許地點點頭，不愧是大陸聞名的冒險小隊，很有危機意識嘛。

魔族戰士走到了窗邊，稍微打開一點窗戶，安妮就探進了一顆腦袋，「嗨，好久不見，尤莉卡。」

「啊！」尤莉卡一聲驚呼，「安妮！不，我是說，死神冕下！」

安妮露出笑容，「沒必要這麼生疏吧，尤莉卡，我們當初可是同睡一張床呢。」

尤莉卡露出了不好意思的笑容，「當初是我不懂事……您怎麼來了？啊，請進，請坐下吧，讓我為您介紹我的同伴們！」

安妮從窗臺進來，屋內的幾位從尤莉卡的介紹中聽出了點什麼，躍躍欲試地看向安妮，魔族的那位率先沉不住氣地問：「您、您是神明嗎？就是在世界之樹和邪神大戰的那位！」

被人用這麼亮閃閃的眼神包圍著，安妮也忍不住挺直了脊背，只是祂也不知道現在的傳言變成了什麼樣，只能溫和地笑著說：「世界之樹下確實發生過神戰，只不過或許跟現在流傳的有些不太一樣。」

海涅看著安妮，表情看起來有點糾結。

安妮好笑地看過去，「怎麼了，親愛的藍蛋蛋魚閣下，您已經不認識我了嗎？」

「不。」海涅的表情皺在一起，「只是老祭司和我說，祢已經成了神明，我對祢得尊敬些。」

安妮忍不住笑了，祂清了清喉嚨，「好吧，那我作為神明給你特許，你能夠像以前那樣和我說話，海涅。」

海涅立刻鬆了口氣，他笑著問：「嘿，安妮，冥界有什麼好吃的嗎？神界呢？」

精靈遊俠痛苦地捂住了眼睛，「喔，不，海涅，你這個白痴，你一開口就會讓我們小隊顯得像笨蛋！」

海涅不明所以地歪了歪頭，「為什麼？」

尤莉卡也露出了無奈的笑容，她轉頭看向安妮，「有時候我真的覺得海涅是個了不起的傢伙。我們一起經歷了這麼多冒險，成立了大陸上小有名氣的冒險小隊，而他無論經歷了多少，依然堅守本心，銘記著自己踏上旅程的初心——食物。」

安妮認真地摸了摸口袋，放下一個幾乎散發著瑩潤光澤的紅色果實，「這是豐收之神種植的水果。」

祂接著從另一口袋裡拿出了一壺酒，「這是酒神釀造的美酒。」

接著，在眾人震驚的眼神裡，祂取出了各式各樣稀奇古怪的食物，海涅的肚子幾乎隨著祂的動作有節奏地咕咕作響。

他似乎等不及了一般，眸光明亮地靠近安妮，「先給我嘗一點！」

安妮笑道：「這些全——都是為你準備的，不過，也不是白白給你的。」

在人界經歷了摸打滾爬的海涅用力點頭，「我知道，吃東西得付錢！我現在有錢了！」

安妮一邊欣慰於海涅的進步，一邊搖了搖頭，「不，我不要錢，我要你回答我一個問題。」

海涅的表情明顯有些茫然，而尤莉卡的表情瞬間凝重起來，看她的表情，安妮幾乎可以肯定，她也知道里維斯是去做什麼了。

然而藍蛋蛋魚伸出的手停在了半空，他有些困惑地歪了歪頭，「祢要問我什麼？我腦袋不太好，祢也想不出來的問題，問我基本上不會有結果的。」

「也不用這麼說自己吧？」安妮有些無奈地笑了，「咳，但其實我想問的是，你知道里維斯去哪裡了嗎？」

祂看著尤莉卡慌亂的表情，然後看著海涅微微張開的嘴，眼帶希冀。

「不知道啊！」海涅睜著一雙海水般的漂亮眼睛如實說。

安妮的笑容僵在了臉上。

尤莉卡臉上的慌亂逐漸收斂，最後變成了一個笑容，她哈哈大笑道：「安妮閣下，經歷了這麼多冒險，還能保持初心的或許只有海涅一個了，我可是和當初大不相同了！至少我已經會騙人了。」

她有些得意洋洋地擠了擠眼睛，看起來鮮活又張揚。

海涅遺憾地看著安妮眼前的食物，「唉。」

安妮笑著搖搖頭，把食物推到他面前，「吃吧。」

海涅有些猶豫，「我沒有回答祢的問題。」

「是的，所以你沒有拿到報酬。」安妮聳了聳肩，「這是朋友的禮物，吃吧，傻魚。」

海涅根本不在乎安妮叫他什麼，他露出笑容，把所有的食物拉到自己面前，然後招呼起自己的同伴，「吃嗎？安妮送我的！」

安妮忍不住笑了，「哎呀，海涅也長大了。」

「是啊！我都要欣慰地掉眼淚了。」尤莉卡撐起了下巴。

「唉。」安妮有些挫敗地嘆了口氣，「尤莉卡也長大了，居然被妳騙了。」

尤莉卡有些得意地抬起頭，「既然知道海涅是一個很容易被騙的傢伙，那麼需要保守的祕密我就不會讓他知道，哈哈，安妮閣下，您不如考慮去問問菲爾特怎麼樣？那個笨蛋的話，說不定能騙出來點什麼喔！」

「你們兄妹的感情還真不錯。」安妮神情複雜地看過去，「我就是接受了菲爾特的建議，這才特地來找妳的。」

尤莉卡似乎有些意外，「他居然沒有說漏嘴？」

安妮誠實地點點頭。

尤莉卡憤憤不平地撇了撇嘴，「一定是希林娜幫他了！就憑笨蛋菲爾特，絕對會說漏嘴的！」

安妮也跟著笑了起來。

兩人東拉西扯地聊了一下家常，安妮起身告辭，尤莉卡溫柔地看著祂說：「別擔心了，安妮，祢應該知道的，我那個哥哥可不會做什麼壞事。」

「當然了。」安妮幾乎沒什麼猶豫地回答，祂露出笑容，「但他既然特地留下了破綻，就是希望我來尋找線索吧？」

「不。」尤莉卡的表情嚴肅起來，「如果是里維斯的話，他留下的破綻很有可能就是真的不會說謊而已。」

安妮有些茫然地眨了眨眼。

祂離開了金獅國的王宮，有些不知道自己該往哪去，漫無目的地在街道上溜達了一圈，祂決定去紅房子裡轉轉。

之前和里維斯說好了要在門口種一排花，似乎還沒有實踐。

然而等安妮到了屬於他們的紅房子門口，驚訝地發現屋前已經種上了一排漂亮的爬藤月季，顏色各異的嬌嫩花朵爬在門口的柵欄上，讓人只是看一眼都心生愉悅。

安妮眨了眨眼，難道里維斯不告訴祂自己做了什麼，就是來紅房子前種花了？說起來，之前有一陣子他確實總往豐收之神那裡跑。

這是種好了花，打算給祂一個驚喜，結果誤打誤撞被祂發現了？

安妮左右張望了一下，這次像做賊一般小心地翻過柵欄，進入自己家的屋內。

——儘管身為這個家的女主人，但鑰匙根本不在安妮這裡。

沒把鑰匙給祂，也是為了防止安妮突然過來發現祕密？安妮摸著下巴，越想越覺得自己找到了正確答案。

祂忍不住露出了笑容，看來是因為之前祂開玩笑般地抱怨里維斯沒有送過花給自己，原來他都放在了心上。

安妮抿了抿唇，決定只偷看一圈就回到冥界，假裝自己什麼都沒有發現，然後等到里維斯送祂這個驚喜的時候，再裝出第一次見的樣子，絕不能讓里維斯白白準備！

然而祂剛剛從屋子裡轉過身，里維斯就跨出傳送門，正好落在這裡。

安妮欣慰的笑僵在臉上。

里維斯看起來鬆了一口氣，他帶著歉意往前走了一步，「我總算找到祢了，安妮。

「我聽菲爾特說，是我讓祢不安了，抱歉，我不該為了驚喜而忽略祢的情緒……」

安妮呆滯了一下，然後故作鎮定地清了清喉嚨，「嗯？什麼，沒有啊？一定是菲爾特那個傢伙又在亂說……咳，你準備的驚喜，是門口的花嗎？」

「嗯？」里維斯露出了困惑的表情，「門口的花？那只是之前我答應祢的承諾，並不是驚喜。」

安妮瞪大了眼睛，「啊……那還有驚喜嗎？」

里維斯抿著唇看祂，有些不好意思地低頭笑了一下，他從口袋裡取出了盒子，有些不安地遞給安妮，「這、這就是我……」

門口忽然響起了敲門聲，尤莉卡的聲音在門口響起，「里維斯，你準備好了嗎？」

里維斯動作頓了一下，他有些惱怒地轉頭，「等一下，我還有沒有送呢！」

門外的聲音安靜下來，安妮呆呆地看著他再次深吸一口氣，把手裡的小盒子打開——那是一對戒指，整體造型是環繞的銜尾蛇，上面銘刻著羽毛的裝飾。

里維斯取出其中較小的一枚，如同當年被授予騎士稱號時一樣莊重地單膝跪下，他抬眼看著安妮，「這是我拜託工匠之神幫忙打造的，首尾相連永無盡頭，代表『無盡』的銜尾蛇，和象徵著死神權柄的不死鳥羽毛。」

他漂亮的藍眼睛裡，此刻只映著安妮的身影，「儘管我們的畫像已經一起掛在了歷史之廊裡，但我似乎從來沒有詢問祢這個最重要的問題。

「——祢願意成為我的妻子嗎？

「我曾止步於生與死的界限，也曾自卑於亡靈和神明的巨大差距，但我的思慕無法停止，我已經死去的心臟聽到祢呼喚我的名字就會雀躍跳動……祢是所有生靈的死神，但我貪婪地渴求祢成為只屬於我的安妮。」

安妮幾乎屏住了呼吸，祂低下頭，伸出手，讓里維斯溫柔而專注地將那枚指環套到了祂的無名指上。

祂取出另一枚指環，伸手讓里維斯拉著祂的手站起來，然後紅著臉露出微笑，「好吧，這可真是出乎我意料之外的驚喜，稍等一下。」

里維斯一愣，安妮轉身走到窗臺前，偷偷摸摸排著隊往內偷看的尤莉卡、菲爾特等人迅速把腦袋縮了回去。

「不許偷看！」安妮凶巴巴地威脅道，一把將窗簾拉了起來。

里維斯稍稍有些窘迫，「這些傢伙！」拉上窗簾，整間屋內都暗下來，安妮一步步走到里維斯面前，伸出手，里維斯帶著笑，把手搭在祂的掌心上。

安妮有些無奈，「里維斯，你是不是太緊張了，另一隻手。」

里維斯有些僵硬地把另一隻手伸了出來，「抱歉，我……」

安妮低下了頭，專注地將指環套到他的手指上，「即使沒有這個指環，我們也早就擁有了直到死亡盡頭的契約，但我還是很高興，里維斯閣下。」

祂此刻低著頭，里維斯看不見祂的表情，但這並不妨礙他溫柔地注視著安妮的頭頂。

然後安妮就忽然猛地抬起頭，飛快親了一下他的鼻尖。

儘管自己的耳朵也紅透了，安妮還是得意洋洋地說：「這是我的驚喜……啊，里維斯，你的耳朵紅了。」

里維斯深吸一口氣，他無奈地笑了，拉著安妮朝門外走去，「好了，走吧安妮，大家都要等急了。」

安妮一頭霧水，聽起來之後似乎還有安排，他一打開門，懷抱著禮服的尤莉卡第一個擠了上來，把里維斯都擠到了旁邊，「好了，給我去外面等著，你要是再拖拖拉拉的，我都要擔心來不及了！」

安妮被尤莉卡風風火火地拉進屋內換衣服，里維斯還在摸著自己的鼻尖。

菲爾特猛地拍了一把他的肩膀，「別發呆了，雖然沒有淑女那麼麻煩，你也得換一身衣服！」

安妮換上了一身華麗的禮服，白色的裙襬上繡上了金色的獅子，領口和袖扣用金線繡上了群星和星辰，鑽石桂冠下壓著綴滿金片的頭紗。

尤莉卡看著鏡子中的安妮，忍不住讚美道：「親愛的，祢穿上這個甚至可以作為女王直接登基了。」

安妮忍不住笑了，祂稍稍有些不安，「這會不會太華麗了？」

尤莉卡微笑道：「別擔心，里維斯把一切都準備好了。而且，金獅國的婚禮禮服看起來都是金燦燦的，雖然祢穿得格外華貴，他們也只會覺得祢是哪位富貴人家的小姐而已。」

安妮抿了抿唇，在尤莉卡的帶領下走了出去。

——里維斯就等在門口，他穿上了和安妮配套的華貴禮服，這讓他顯得和平時大不一樣。金色柔軟的頭髮似乎吸引了陽光永駐，而藍寶石一般溫柔專注的雙眸只看著安妮，他往前一步，朝安妮伸出手。

在所有人的歡呼聲裡，他們的手握在一起。

里維斯牽著祂坐上了馬車，安妮好奇地問：「我們要去哪？」

「去王宮。」里維斯回過頭，馬車帶著他們在王都的街道上疾馳，安妮好奇地看見不少穿著禮服的少年少女們，紛紛趕向王城。

安妮更加好奇了，「他們這是做什麼？」

里維斯笑道：「去參加我們的婚禮。」

「什麼？」安妮有些茫然。

里維斯握緊了祂的手，「今天，為了紀念獅心騎士團的偉大騎士們，國王決定以王族婚禮的儀制為幾位適齡青年舉辦婚禮，所有居民都可以前去參加，如果有相愛的戀人也可以選擇在今天和榮耀的騎士們一同結婚。

「而我們，就是在這個日子裡，和騎士們一同結婚的普通戀人。」

安妮幾乎要沉溺在這雙藍眼睛的溫柔裡，祂小聲抗議：「你也許會被人認出來的。」

里維斯看向王都外，露出笑容，「我已經是很多年前的亡靈了，國王都換新一任了，獅心騎士團也基本上都是新人了，人們應該已經遺忘了我。即使有認出來的，也只會覺得，我是很像那位早夭的里維斯殿下的其他人。」

安妮不再說話，祂睜大眼睛看著外面熱鬧的一切。

他們到了王城外，里維斯下了車，朝祂伸出手，「抱歉，安妮，但我還是忍不住想炫耀一下，我美麗的新娘。」

安妮握住了他的手。

一個亡靈和一位神明，他們躲藏在凡間的戀人之間，在所有人的祝福之下，悄然舉辦了一場盛大的婚禮。

直到舞會結束的鐘聲響起，王宮內通明的燈火也熄滅，安妮握著里維斯的手，「該回冥界了。」

他們握著彼此的手跨過那道門，安妮驚訝地看見，所有的神明都齊聚在此。

生命女神用一貫毫無波動的聲音說：「唯有今夜，我允許此地的生命復甦。」

已經逝去的亡靈們，驚訝地發現自己恢復了生前的模樣，戈伯特、里安娜、格林、西德尼陛下和羅賽蒂王后，所有逝去的故人都短暫恢復了生前的模樣。

豐收之神露出微笑，「唯有今夜，祂目光所及之處遍布鮮花。」

酒神豪邁地舉起酒杯，「唯有今夜，祂踩過的土地湧出美酒。」

愛神一邊擦拭著眼中的淚水，一邊哽咽著說出祝福：「不只今夜，他們的愛永恆不變。」

今夜神明和祂的騎士，擁有最原始也最崇高的幸福。

Getaway Guide for Necromancer

IN THE AFTER

10

【與愛有關的永恆誓言】

沉寂許久的神界發生了一件大事——愛神創造的新世界，終於和祂的神格融為一體，成為了能夠承載真神降臨的完整新世界。

為此愛神歡天喜地地慶祝了好久，輪番邀請各位神明去祂的世界作客，安妮也收過好幾次邀請，不過祂都推脫了。

「真的不去嗎？」里維斯把對方遞過來的請柬收好，看向懶洋洋縮在沙發裡的安妮——祂已經徹底把冥界打造成了自己的府邸，這裡已經不再是原來寸草不生的三無地帶了。

安妮懶洋洋地回答：「嗯，不去了。

「說實話，我是沒想到祂的世界居然真的能成型，我以為那種『所有人都平等相愛』的異想天開的世界，沒幾天就會徹底崩潰的。

「不過……」安妮歪著頭嘆了口氣，「我有一種預感，祂的世界遲早會背離祂的期望，發展成祂不想要的樣子。」

「為什麼？我之前去看的時候，那裡看起來倒像是一個人人相親相愛的好地方。」里維斯露出了有些困惑的神情，之前慶祝的時候，安妮也只讓他作為代表出席——雖然對於其他神明來說，能夠奪走其他神明性命的死神沒有出席，也許是一件讓人安心的好事，但愛神卻相當失落。

祂還是相當希望唯一擁有「愛情」這件寶物的死神能夠對祂的世界給出

評價的。

「因為我沒辦法給出違心的祝福啊。」安妮拿起坐墊遮住了自己的臉，「畢竟世界完整之後，神明給予的祝福和譜寫的規則都會逐漸減弱，作為這個世界創世神的愛神留下的『所有人都一視同仁地相愛』的規則，也一定會逐漸被打破。」

祂抬起手，在里維斯面前比劃著，「說到底，人類可是有嫉妒心的，平等地愛每一個人這種事只有神才能做得到。」

祂頓了頓，十分有自知之明地指了指自己，「少數神明，不包括我。」

祂朝里維斯眨了眨眼，「畢竟我可是相當偏愛里維斯呢。」

里維斯矜持地清了清喉嚨，藍寶石一樣的眼睛漾起笑意，「這是我的榮幸。「這樣說的話，我就能理解祢在擔心什麼了。」

「對吧——」安妮誇張地嘆了口氣，「但是對著那個笨蛋高興的臉潑冷水我也做不到，違心祝福我也做不到，而且我更不想看祂察覺到自己的世界已經不受控時候哭哭啼啼的臉，所以我最近都不會見祂的！」

里維斯露出了哭笑不得的神情，「祂好歹也是神明，再怎麼樣也不會『哭哭啼啼』的……」

他還沒說完，門口闖進來一個慌慌張張的骷髏，「不好啦老大！愛神過來了，哭哭啼啼地說我們不讓祂進來就要在門口哭到天荒地老呢！」

安妮一臉沉痛地看向里維斯。

「咳。」里維斯尷尬地摸了摸鼻子，「那麼，我們要去看一看嗎？」

「不去，說我不在！」安妮翻了個身，「這種事我幫不上忙啦！」

「哇啊！」穿透力極強的哭聲從外面傳進來，「安妮救命啊，我的世界要完蛋了啦——」

安妮用枕頭把自己的腦袋壓在了下面。

「哇啊！」

里維斯默念了三個數，果然，安妮從沙發裡跳了起來，目露凶光，「煩死了，我這就去打破那個白痴的所有妄想！」

祂拎起鐮刀氣勢洶洶地衝了出去，然後在里維斯無奈的目光裡又倒退回來，把鐮刀扔回架子上，裝作不在意嘀咕一句：「算了，帶武器怕嚇壞祂。」

里維斯忍住笑意，「嗯，我明白，這是安妮特有的溫柔。」

「我對祂才不溫柔，只是如果嚇到祂，祂哭起來更沒完沒了！」安妮強調了一句，這才帶著里維斯一起出門。

死神的府邸門口，一身輕飄飄粉色的愛神不管地面的髒汙，頂著一張哭花的臉躺在了地上，目光放空望著天空，時不時打一個哭嗝。

「哇！」安妮忍不住露出了讚嘆的目光，「在這麼多骷髏的圍觀下依然這麼我行我素，不愧是愛神。」

「安妮——」愛神看到祂的身影，眼中的淚水更加泛濫。

安妮無情地抬起手制止了祂的哭泣，「差不多可以了，再哭下去祢都可以蓋一塊白布直接送走了，到底怎麼了？」

問是這麼問，但安妮多少也心裡有數。

果然，愛神拉著祂就開始哭訴：「完蛋了！世界完整之後，我的世界都變得亂七八糟了啦，到底是哪裡出了問題！

「我一開始以為是嫉妒之神去了我的世界，可是祂最近明明在其他世界攪弄風雨，那我的世界到底怎麼了！大家為什麼開始偏心，開始爭鬥了！我創造的時候，明明不是這樣的……」

祂抱著腦袋一副痛不欲生的模樣。

安妮面無表情道：「啊，誰知道呢。」

里維斯忍不住側目看了祂一眼，安妮對他聳了聳肩。

就算祂知道原因，但直接告訴愛神，祂多半是不會相信的。這個一心希望自己的所有子民都相愛的笨蛋神明，怎麼會相信祂給予的祝福，是根本無法做到的幻影呢。

愛神整個人掛到安妮的手上，「幫幫我吧！」

「親愛的，我是一個死神。」安妮憐憫地看向祂，「我能給祢的幫助大概只有讓祢徹底解脫，我想，祢想要的應該不是這個。」

愛神瑟縮一下，但祂很快繼續無賴地抱著安妮的手臂，「我知道祢不會這麼做的，就算祢恐嚇我也沒用！

「祢是神界唯一擁有愛情的神明啊，只有祢能幫我看看那個世界到底發生了什麼，拜託了，救救我吧！」

里維斯微微皺了皺眉，他不動聲色地擠進兩人之間，動作溫柔但堅定地把愛神從安妮的手臂上扯下來，拉開安全距離，然後擋在祂身前微笑道：「我記得，有不少神明曾經也是人類吧？大地之神似乎曾經擁有一個相當和睦的家庭，您為什麼不問問祂和祂曾經的丈夫的事？」

「在安妮來到神界之前，我已經在尋找愛情的道路上走了許久了。」愛情露出憂鬱的神情，「我當然也問過大地之神。」

祂目光掠過冥界的土地，掃過忙碌的骷髏和亡靈，「祂告訴我，祂的丈夫後來與其說是愛人，已經是更像家人的存在。

「而且，冥界完整以後，祂應該能在這裡找到曾經逝去的亡靈，我當時興沖沖地前去告訴祂，但祂卻認為我們成為神靈之後，與曾經的愛情已經再無瓜葛，祂一次也沒來看過曾經的愛人。

「他們的愛情已經消失了。」愛神緩緩搖了搖頭，「而我想要的並不是這種短暫的愛情，我想讓我世界的子民，擁有像祢那樣的，永恆的愛情。」

安妮頭痛地望向遠方，這傢伙當初還試圖讓自己為祂的子民們賜福、讓他們擁有永恆的愛情，但被安妮以「不在死神權柄範圍內」為由拒絕了。

愛神可憐巴巴地看向祂，「拜託了，祢一次都還沒去過我的世界呢，就當是去看看！」

安妮看向祂，「那如果我看完了也沒有任何辦法？」

「那、那就也沒有辦法……」愛神肉眼可見地萎頓了下去，「但是，祢不可以剛跨進去就說沒救了！好歹也要仔細看看！」

安妮：「嘖。」

愛神跳起來，「啊！被我說中了吧！祢原來打算剛進去就說救不了敷衍我吧！」

安妮面無表情地把頭扭到旁邊，「沒有的事。」

祂故意擺出不耐煩的臉，「祢還走不走？」

愛神立刻爬了起來。

里維斯走到安妮身邊，低聲笑了，「看樣子，愛神冕下也逐漸不好騙了呢。」

安妮瞥了他一眼，抱怨了一句：「里維斯也逐漸變得壞心眼了，你這是幸災樂禍。」

愛神的世界。

這個已經完整的世界和安妮最初生活的世界差別不大，種族分布也相當類似，是以人類為主，和其他稀有種族共存的奇幻世界。

除了天上的雲彩經常是粉色和心型這種無關緊要的小事以外，幾乎沒有任何區別。

愛神不甘心地指了指天，「看那個，安妮，幸運過來的時候還誇過好浪漫呢！」

安妮抬頭看了一眼，在祂期待的目光裡回答：「反正那肯定不是祢的世界異常的原因。」

愛神憤憤嘀咕：「真是的，不浪漫的傢伙。」

安妮聳了聳肩，「畢竟我是死神。」

他們沒有遮掩身形，自稱是大陸另一頭來的冒險者，隨意挑了一個小鎮落腳。

這裡隨處可見粉紅色的建築——似乎是愛神私心在創造他們的時候，賦予了他們對這種顏色的喜愛，因此一身黑袍的安妮，在這裡似乎格外顯眼。

不過短短幾步，里維斯已經用冷硬的目光和比目光更冷硬的長劍，趕走了一波又一波熱情的示愛者，儘管知道這大概是因為他們造物主的惡趣味使然，但還是相當令人頭大。

這個小鎮的居民似乎習慣於和所有人擁抱，親吻所有人的面頰，對所有人訴說愛意，哪怕是剛剛見面的陌生人。

安妮摸了摸下巴，看著里維斯的背影，他此刻看起來像頭被挑釁了的雄獅，正十分緊繃地駐守自己的領地，不允許其他人踏進一步。

安妮低笑了一聲，但在祂眼裡，或許更像是張牙舞爪的小獅子，相當可愛。

因為太過專注於眼前的男人們，里維斯完全沒有意識到，這座小鎮的少女們也在熱情地打量著他。

即使他們的態度並不友好，這座小鎮的居民們也兀自散發著熱情，「嘿，歡迎來到這裡漂亮的女孩，妳有一雙相當惹人憐愛的眼睛！」

安妮轉頭看向愛神，「祢的子民還真是相當……」

愛神露出傻笑，「相當可愛吧？」

安妮：「相當輕佻。」

「喂！」愛神跳起來表示抗議，安妮搖了搖頭，趁著一個慈愛的老婆婆上來撫摸愛神腦袋的間隙，閃身躲過凡人的觸摸，帶著里維斯閃現到了鎮上唯一的旅店。

祂開好房間，拒絕店老闆一切熱情的招呼，直接帶著里維斯進入房間，這才悠哉地在陽臺站定，居高臨下地看著這座城鎮的居民。

愛神還在帶著一臉傻笑，接受著自己子民的愛意，已經完全是入境隨俗的模樣了。

安妮搖了搖頭，「這個世界，可真是大有問題啊。」

安妮覺得自己大概是因為沒有創造過世界，也沒有看過那些種族從最初開始成長起來的樣子，因此完全不會像愛神這樣對他們滿心憐愛，能夠更直觀地看到問題所在。

祂朝著愛神不遠處的角落揚了揚下巴，「看見了嗎？里維斯，那裡有一個相當漂亮的少女呢，嗯，在這樣的小鎮裡，應該算是全鎮最美麗的女孩了吧？」

里維斯抬了抬眼，「我看見那裡有一個十六歲左右的棕髮少女。」

安妮歪了歪頭，「哎？不漂亮嗎？」

祂是故意這麼問的，里維斯心裡明白這點，但還是沒有辦法不回答，他頂著微紅的耳朵，無奈地回答：「祢明明知道答案。

「我是一個無趣的男人，安妮，我並不能欣賞大部分少女的美貌，除了祢。」

安妮得逞一般笑了起來，「嘿嘿。」

里維斯並不擅長說情話，但只要安妮稍稍撒嬌，他也會努力給出回應，儘管相當笨拙，但安妮就是吃這一套。

祂這才轉過頭，正要指著那邊的少女說些什麼，愛神忽然出現在了祂手指的前方，帶著幾分好奇問：「你們在看什麼？」

安妮順手把祂的腦袋扭過去，「在看那個女孩。」

「啊，是一個可愛的孩子呢！」愛神眼中閃動著慈愛的光芒，隨後祂像是期許一般雙手捧心目光悠遠，「不知道她會遇見什麼樣的愛情呢？」

安妮打斷了祂的浮想聯翩，「我問一句，既然祢的世界裡大家都相愛，那麼大家是怎麼組成家庭的？怎麼決定誰和誰結婚？」

愛神愣了一下，「這個，我也有考慮過！雖然我也希望每個人都幸福美滿，但這樣的世界是無法誕生的。」

安妮一臉震驚，「祢居然知道這種常識嗎？」

愛神氣得跳腳，「我好歹也是個神！

「這個世界的結婚，是到了二十歲以後，就在神父的見證下進行抽籤決定的，這也需要一定的運氣。」

安妮愣了一下，祂反應過來，「啊，我記得那時候祢就說過，想要和幸運女神一起創造種族，原來是設計了這樣的規則啊。」

「是啊，因為大家都相愛著，所以和誰結婚只能靠運氣啦！」愛神頂著一張天真爛漫的笑臉，「我覺得是很不錯的設計，但一開始幸運根本不同意，好不容易我讓祂答應了，祂也一副無奈的樣子看著我，還說什麼——『真是天真又殘酷的神明』之類的話。」

安妮贊同地點了點頭，「說得一點都沒錯。」

愛神表示抗議，「什麼啊！」

安妮再次把祂的腦袋轉了過去，「看那邊，看到什麼了？」

「嗯？」愛神迷惑地看著那位站在小巷裡避開所有人耳目的少女，她確實是有一張出眾的臉，即使在昏暗的小巷裡也熠熠生輝。尤其是她低下頭，露出含羞帶怯的不安笑容，看起來更為她清麗的臉龐添上了幾分色彩。

愛神還在思索安妮讓祂看這幅場景的深意，忽然小巷的那一邊踉踉蹌蹌衝進來一個黑髮少年，他形容有些狼狽，一張臉也稱得上英俊，他手裡捧著一塊剛出爐的麵包，一臉傻笑地遞給了那位棕髮少女。

少女捧著臉露出幸福的笑容，但在接過麵包之前，先伸出手替他擦了擦臉上的灰塵。

兩人都帶著有些傻氣的笑容對望著，是光看著就能讓人感覺到美好的場景。

愛神一瞬間福臨心至，祂激動地一拍手，「啊，這個就是，愛情的誕生吧！

「不愧是擁有永恆愛情的神明，祢看見了誕生於這個世界的愛情。」

「不。」安妮垂下眼，祂面無表情的時候宛如最無情的神明，「我看見死神的鐮刀已經在她的頭頂，她可能快死了。」

祂沒把話說死，畢竟只要是還沒發生的事，都有可能更改。

「啊？」愛神露出震驚的神情，隨後微微嘆了口氣，「偶爾、偶爾也是會有這種事發生的，在最幸福的時刻不幸突然降臨什麼的。」

安妮緩緩搖了搖頭，「恐怕不是突如其來的意外。

「那個年輕人身上也有同樣的死亡氣息。」

愛神呆了呆，「什麼？為什麼？」

安妮嘆了口氣，聯想到這個世界古怪的規則，祂大概能猜到接下來會發生什麼，但祂或許應該讓這個笨蛋神明自己去看看。

祂搖了搖頭，輕而易舉地掩蓋了三人的身形，在當事人毫無知覺的情況下落到了他們身邊。

兩人還在說話——他們似乎有說不完的情話，恨不得把今天發生的一切無關緊要的小事都和對方共享。

愛神已經完全陶醉在他們的愛情裡了，「嗯嗯，原來是這樣啊，這個男孩叫巴尼克，是麵包店的學徒，這是他自己做的麵包呀，啊，第一次成功的麵包忍不住想給心愛的女性品嘗，這可真是……」

安妮無情地接下去，「可真是無望的愛情。」

愛神臉上的笑容一僵，「祢在說什麼呢！這明明是令人動容的……」

安妮看向他們，歪了歪頭，嘆了口氣，「真可惜啊。他當了幾年學徒，剛剛有資格正式成為麵包師，也許過一陣子就能學到技術，自己開一家麵包店了吧。

「那個叫菲妮的女孩，是個熱愛植物的園藝師，在這樣的小鎮上侍弄花草也許賺不了大錢，但也相當受歡迎。

「她比那個男孩大一歲，今年已經二十了，按照祢的世界的規則……」安妮看向愛神，「那個女孩會進行抽籤選擇自己的結婚對象，但那個男孩還不到二十歲。」

愛神呆了呆。

安妮長長嘆了口氣，「我說，祢真的看不出來嗎？」

「什麼？」愛神臉上是顯而易見的迷茫，祂下意識強調，「創造世界最忌諱的就是想要自己每一個子民都獲得幸福，這種事是做不到的。」

「對了，菲妮，妳喜歡蜂蜜嗎？」托尼目光閃閃發光地看向自己心愛的少女，「那天我來準備一點蜂蜜吧！」

「哎！」菲妮露出了吃驚的表情，「可是，那個很貴吧，是獵人好不容易找回來的，我記得當時雜貨店的老闆買了這麼一點，都花了一個銀幣呢！」

「是的。」托尼忍不住想要在心愛的少女面前顯得可靠一點，「但畢竟是那一天，做多少準備都是值得的吧？我不希望妳感到痛苦。妳只要告訴我喜不喜歡，如果妳喜歡的話，我會弄來的！」

菲妮忍不住掩唇笑了，「真是的，我只要那天你在我身邊就好啦！」

「一定會的。」托尼露出溫和的笑意，「我們馬上就會永遠在一起了。」

愛神盯著他們看了片刻，忍不住回頭望向安妮，「祢、祢到底看出什麼了？我只看出他們是相當恩愛的情侶。」

「他們不可能永遠在一起。」安妮看向愛神，「但他們這麼篤定。祢猜他們打算怎麼做？」

愛神呆呆地扭過頭，菲妮猶豫了許久，她最後開口：「托尼。我、我……」

「妳後悔了嗎？」少年扭過頭，輕聲問。

「不，我沒有！」菲妮飛快否認，但又低下了頭，「但是，我還是，捨不得讓你死去……我、我總覺得我這樣太過自私了，我……」

愛神腦袋裡轟隆隆一片，祂終於意識到了，「他們……要殉情嗎？」

少年抵著少女的額頭，露出笑意，「沒關係的，菲妮，我們一起死去的話，就能一起前往冥界，死亡會讓我們永遠在一起。

「我不能就這樣看著妳嫁給別人，就算我祈求神父，他也只會告訴我，我違背了創世神『平等地愛每一個人』的賜福，我是被惡魔蒙蔽了心智。」他的目光微微閃動，「我的父母也不能理解我想要和妳在一起的想法，他們都覺得，既然大家都是相愛的，那麼無論和誰結婚都是和相愛的人結婚。

「但我沒辦法，沒辦法把妳當成和其他人一樣的人……妳是獨一無二的，菲妮，我只能，我只能這樣義無反顧地愛妳。對不起，我也許是一個糟糕的男人。」

愛神呆呆地看著他們，「為什麼會這樣，是因為規則的束縛力量變得薄弱了嗎？如果他們平等地愛所有人，就不會有這樣的事。」

「但如果這樣的話，祢的世界永遠都不會有愛情誕生了。」安妮搖了搖頭，「祢還是和以前一樣，拘泥於『平等』或『永恆』。祢只是愛神。還是說，這樣片刻的愛情，得不到祢的祝福嗎？」

「可是……」愛神心亂如麻，「可是他們因為愛情就要死去了啊！因為這樣的愛……」

安妮搖了搖頭，「看著他們走到最後吧，那天很快就要到了。在那之前，我就參觀參觀祢的世界吧。」

祂把愛神留在了原地，離開了這片小巷。

接下來的幾天，安妮說到做到，全然不管其他事，帶著里維斯在這個世界裡閒逛。

愛神也經常出門，祂除了跟著那對計畫殉情的情侶以外，也去了其他地方，祂似乎想要用自己的眼睛親自確認，祂的子民到底過得幸不幸福。

祂終於開始意識到，在這個世界裡，這樣的悲劇居然不是偶然。

並不相愛的夫妻，被迫分離的怨侶，為愛決鬥身死的青年，試圖逃婚誤入森林葬身的少女，祂逐漸正視這個世界的悲劇。

到了菲妮和托尼的「那個日子」，愛神失魂落魄地站在安妮面前，「安妮，這不關嫉妒之神的事，不是任何人的錯，是我……異想天開的錯，對嗎？

「是我的規則根本不合理，而這個完整的世界在逐漸修改一切不合理的規則，而那些、那些受苦的孩子，是為我錯誤買單的犧牲者，對嗎？」

祂看起來快哭出來了，「祢早就知道這些，所以才不願意來的，對嗎？」

安妮看了祂片刻，飛快用眼神示意里維斯，祂可一點都不擅長安慰人這種事。

里維斯無奈地聳了聳肩，他在這方面，也算是一竅不通。

安妮無奈，有些生硬地開口：「走吧。」

愛神茫然地看向祂，「去哪裡？去做什麼？」

安妮一臉理所當然，「去見證他們的落幕。他們應該會在教堂前面，今天是菲妮要抽取結婚對象的日子。」

他們到那裡的時候，抽取結婚對象的儀式已經進行到了一半，很快就要到菲妮了。

在她前面的那個女孩看到自己抽取的紙條以後幾乎站不穩，但還是堅強地努力維持著笑容，走到了那位未來會成為她丈夫的男人身邊，顫抖著捏住了裙邊。

愛神幾乎無法承受她的視線，祂低下頭，「我想像中，這應該是更加、更加幸福的時刻。」

安妮提醒祂：「菲妮上去了。」

她和所有惴惴不安的少女明顯不同，臉上帶著真正的、幸福甜蜜的笑容，托尼就在她的身側，他微笑著目送她往上走去，站到神父面前。

神父露出溫和的笑意，把手裡的箱子遞給她。

菲妮溫柔而堅定地搖了搖頭，「我的愛人並不在這裡。」

場中響起了驚呼，人群飛快地騷動起來，有人忍不住出聲道：「妳在說些什麼啊，菲妮！」

神父面露不虞，「妳該平等地愛每一個人。」

少女的目光落向人群中的某處，黑髮的少年露出燦爛的笑容，向她舉起手裡的小瓶，少女露出如釋重負的微笑，她手中也捏著同樣的小瓶。

在所有人反應過來之前，他們懷著對彼此的愛意，決意面對莊嚴的死亡。

愛神瞪大了眼睛，祂覺得自己應該做些什麼，但祂並不知道此刻自己應該做些什麼，祂下意識把求助的目光投向了安妮。

安妮嘆了口氣，下一瞬間，神父手裡的箱子燃起了黑色的冥火，在火焰燎到自己的鬍子之前，年邁的神父驚呼一聲扔掉了箱子。

不夠結實的木箱子落在地面，「砰」的一聲散了架，裡面的姓名散落一地，風一揚，「班傑明」、「瓊斯」、「道格」之類的姓名隨風飄揚，彷彿短暫地擁有了自由。

突然的變故讓兩個年輕人嚇傻了，他們錯愕仰起頭地看著隨風飄揚的姓名，捏著手裡的毒藥忘記了動作。

不知道是誰大喊一聲：「他們觸怒了神明，這是神明發怒了！」

「都是因為她說什麼『愛的人不在這裡』！」

「燒死她，請求神的原諒！」

托尼下意識衝到了菲妮身邊，張開雙手緊緊把她護在身後。即使做好了死亡的準備，這兩個年輕人在面對這樣的惡意之前，依然害怕得渾身顫抖。

在事情往另一種方向發展之前，安妮走了出去。

穿著漆黑長袍的少女很符合世人對「魔女」的想像，祂默認了燃燒神聖的箱子的罪名，輕巧地拍了拍托尼的肩膀，輕聲笑道：「如果連死亡都不懼怕的話，為什麼不試著和她一起活下去？

「無論是帶著她離開這個城鎮，還是決定留下來面對艱難的未來，都會比死亡更勇敢。

「死亡是終結的永恆，死後一切都不會改變，你心愛的女孩還沒有完全盛開，你真的希望和她一起死在這個時候嗎？」

托尼呆呆地看著祂，彷彿什麼都說不出來。

他們奔向死亡的勇氣，似乎在剛剛的打岔裡，已經消耗殆盡。

「去吧。」安妮輕輕推了他一把，「無畏死亡的小勇士，去違背神明的意願，奪取屬於你們的幸福吧。」

托尼咬著牙，一把扔掉了手裡的玻璃瓶，他轉身緊緊地擁抱自己心愛的少女，「我們逃亡吧，我們活下去！我們、我們一定會幸福的，我會保護妳！」

「菲妮，我們去沒有人認識我們的城鎮，我們可以告訴他們，我們就是在神祝福下最幸福的愛人！」

安妮心想確實是在神的祝福下，但可惜不是愛神，而是死神。

他深吸一口氣，「也許一切都要重新開始。但我還是希望能和妳一起活著，我做的每個麵包的第一口都想讓妳品嘗，我……」

在他懷裡泣不成聲的女孩哭著哭著，又笑了起來，「笨蛋，那樣就沒有辦法賣給客人了。」

安妮轉頭看向愛神，祂不知何時已經站到了那對年輕人身前，在人群的驚呼中，顯露了神的真容。

祂沒有掩蓋自己的姿態，這對接連遭受衝擊的年輕人，在神明面前緊緊依偎，顫抖著面對這份神蹟。

愛神沉默地注視著他們片刻，遞出了一張空白的紙。

這和在箱子裡的紙似乎是一樣的，區別只是這張沒有寫上名字，是完全空白的。

「如果你們真心相愛，在這張紙上寫下你們的名字。」

托尼越過眼前的神明，看見站在不遠處的安妮，這個在神明面前都沒有落荒而逃的神祕少女莫名地給了他勇氣，他顫抖著手接過紙。

他還在苦惱該用什麼來寫，而菲妮似乎比他更決絕，她咬破自己的手指，寫下自己的姓名。

托尼呆了呆，最後跟著一起，用鮮血簽下了這份名字。

愛神注視著他們，「我收到了。你們已經能夠自己找到所愛了，那麼陳舊的神的指引，只會變成你們的枷鎖。

「我給予你們，自行尋找幸福的權利。也許你們以後會面臨風浪，會從愛人變成家人，會面臨一切足以擊潰愛情的瑣事，但此刻，我見證、祝福你們的愛情。

「無論未來如何，請記得此刻的心動，這是你們自己爭取的愛情，未來也只有你們自己能夠守護。」

祂做完這些，遠遠回頭看了安妮一眼，安妮含笑點了點頭。

里維斯忍不住笑了，「祂似乎已經完全把祢當成前輩了。」

安妮無奈地聳了聳肩，「有誰還記得祂比我早做神明很久嗎?

「不過，我也多少能夠理解，為什麼每個神都要創造一個自己的世界了。」

祂溫柔地注視著這個世界的一切，「我們因在凡人之中擁有神性脫穎而出，而創造一個世界，是要讓我們從芸芸眾生中找回我們的人性。

「做高高在上的神明太久，就會忘記人類最初純粹的情感。諸神也是用心良苦啊，不過我倒是不用擔心。」

祂懶洋洋地轉身，「回去吧，里維斯。」

里維斯一愣，快步跟了上去，「為什麼不用擔心？」

「喂，你不會是把自己曾經說過的誓言忘記了吧？」安妮故作凶狠地回過頭，「是誰當初許諾，無論我成為神明還是怪物，都會一遍遍提醒我，我無論如何都是安妮的？」

里維斯露出笑意，「是我。我只是想要確認一下，祢有沒有忘記我的誓言。」

安妮瞇起眼睛，「里維斯，你果然是學壞了吧？」

「畢竟我也有所成長。」他純粹的藍眼睛含著笑意，「希望我沒有變成祢討厭的樣子。」

安妮露出笑容，祂晃著里維斯的手，「啊，回去之前帶點特產給大家吧？買什麼好呢？」

——《亡靈女巫逃亡指南04》完

——《亡靈女巫逃亡指南》全系列完

高寶書版集團
gobooks.com.tw

輕世代 FW381
亡靈女巫逃亡指南04(完)

作　　者　魔法少女兔英俊
繪　　者　四三
編　　輯　林雨欣
校　　對　小玫
美術編輯　彭裕芳
排　　版　彭立瑋
企　　劃　李欣霓

發 行 人　朱凱蕾
出　　版　三日月書版股份有限公司
　　　　　Printed in Taiwan
地　　址　臺北市內湖區洲子街88號3樓
網　　址　www.gobooks.com.tw
電　　話　(02) 27992788
電　　郵　readers@gobooks.com.tw（讀者服務部）
傳　　真　出版部　(02) 27990909　行銷部 (02) 27993088
郵政劃撥　50404557
戶　　名　三日月書版股份有限公司
發　　行　英屬維京群島商高寶國際有限公司台灣分公司
　　　　　Global Group Holdings, Ltd.
初版日期　2022年 7 月

本著作物《亡靈女巫逃亡指南》，作者：魔法少女兔英俊，由北京晉江原創網絡科技有限公司授權出版。

國家圖書館出版品預行編目(CIP)資料

亡靈女巫逃亡指南 / 魔法少女兔英俊著.-- 初版. --
臺北市：三日月書版股份有限公司出版：英屬維京群島高寶國際有限公司臺灣分公司發行, 2022.07-
面；　公分. --

ISBN 978-626-7152-05-8(第4冊：平裝)

857.7　　111001097

三日月書版

三日月書版

GOBOOKS
& SITAK
GROUP©

GOBOOKS
& SITAK
GROUP©